庭院深深

最美的宋詞・英譯新詮

Deep, deep the courtyard

許淵沖 ——— 英譯　吳俣陽 ———— 賞析

第二章　相思已深

第三章
花事懶看

第四章　江山為聘

庭院深深——最美的宋詞英譯新詮

**第六章
日暮歸途**

一個綺麗而又夢幻的存在：吳文英⋯339

1

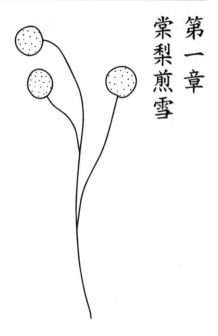

FRESH TANGERINES AND
SNOW FROM LAST YEAR'S
BRANCHES ARE BLENDED
TOGETHER TO MAKE
A GOOD WINE.

點絳唇 · 桃源 · 醉漾輕舟　秦觀

醉漾輕舟，信流引到花深處。

塵緣相誤，無計花間住。

煙水茫茫，千里斜陽暮。

山無數，亂紅如雨。不記來時路。

①無計：沒有辦法。

ROUGED LIPS
Qin Guan

Drunk, at random I float
Along the stream my little boat.
By misfortune, among
The flowers I cannot stay long.

Misty waters outspread,
I find the slanting sun on turning my head,
And countless mountains high.
Red flowers fall in showers,
I don't remember the way I came by.

庭院深深——最美的宋詞英譯新詮

醉意朦朧中撐著一葉小舟，在湖中漫無目的地飄蕩，聽任流水把他推向花草深處。總是糾纏在現實世界的名聞利養中，無法解脫，又哪裡有辦法能夠一直駐足在這花團錦簇的世外桃源？

煙波浩渺，眼前一片白茫茫的世界都籠罩在夕陽的餘暉裡。極目遠眺，兩岸排列著數也數不清的青山，風過處，但見落花如雨，再回首，竟然不記得來時經過的路了。

北宋紹聖元年，新黨代表人物章惇拜相執政，大肆打擊元祐黨人，秦觀先貶為杭州通判，上任途中接旨再貶為監處州酒稅，紹聖三年又貶郴州。一連串的打擊，導致他對現實產生強烈不滿，始終沉陷於無法自拔的悲痛之中，此詞大約是其被貶郴州時在謫徙途中所作，字裡行間，無不透露了他因遭受排擠而對世外桃源產生了莫名的嚮往。

秦觀，字少遊，一字太虛，別號邗溝居士，高郵（今江蘇高郵）人。既是「蘇門四學士」中的一員，又是「蘇門六君子」之一。長於議論，文麗思深，兼有詩、詞、文賦、書法多方面的藝術才能，尤以婉約詞馳名於世，被尊為婉約派一代詞宗。著有《淮海集》《淮海詞》《勸善錄》《逆旅集》等。

好事近 · 夢中作 · 春路雨添花　秦觀

春路雨添花，花動一山春色。
行到小溪深處，有黃鸝千百。
飛雲當面化龍蛇，夭矯轉空碧。
醉臥古藤陰下，了不知南北。

Song of Good Event
Qin Guan

The spring rain hastens roadside flowers to grow;
They undulate and fill mountains with spring.
Deep, deep along the stream I go,
And hear hundreds of orioles sing.

Flying cloud in my face turns to dragon or snake,
And swiftly melts in azure sky.
Lying drunk ' neath old vines,I can't make
Out if it's north or south by and by.

一場春雨過後，山路邊的野花都次第開了，那五彩繽紛的花兒為春天的來臨增添了更多的嫵媚與嬌豔。緩緩走到小溪盡頭，還沒來得及欣賞眼前的春光，驀地卻驚起了成百上千藏身在林間的黃鸝。

流雲在藍天下翻轉騰挪，恰似龍飛蛇舞，盤曲伸展，變化多端。欣賞著眼前的美景，醉酒的人兒索性躺在溪邊古藤的樹蔭下小憩，不去想任何煩心的事，連東西南北在哪裡都懶得去分辨了。

此詞作於宋哲宗紹聖二年，秦觀被貶監處州酒稅時。詞人運用生動細膩的筆觸，描繪了一次景致奇麗、意境深微的夢中遊歷，借景抒情，寄託了自己在朝堂上遭受不公的悲痛情懷。

行香子‧樹繞村莊　秦觀

樹繞村莊。水滿陂塘。倚東風、豪興徜徉。小園幾
許，收盡春光。有桃花紅，李花白，菜花黃。

遠遠圍牆。隱隱茅堂。颺青旗、流水橋傍。偶然乘
興，步過東岡。正鶯兒啼，燕兒舞，蝶兒忙。

①陂（ㄆㄧˊ）塘：池塘。②徜徉（ㄔㄤˊㄧㄤˊ）：安閒自在的徘徊。

SONG OF PILGRIMAGE
Qin Guan

The village girt with trees, The pools overbrim with water clear.
Leaning on eastern breeze, My spirit soars up higher and freer.
The garden small Has inhaled vernal splendor all:
Peach red, plums mellow And rape flowers yellow.

Far off stand mossy walls, Dim, dim the thatched halls,
The wineshop streamers fly; Under the bridge water flows by.
By luck in spirits high I pass where the eastern hills rise.
Orioles sing their song, Swallows dance along, Busy are
butterflies.

綠樹環繞著村莊，春水溢滿了池塘。沐浴在和煦的東風裡，攜著萬丈豪情，我信步獨行在園中。園子很小，放眼望去，卻是處處好春光，桃花微紅，李花雪白，菜花金黃，各個爭奇鬥豔。

　　遠處的圍牆邊，隱約可以望見幾間茅草屋。青色的旗幟在風中飛揚，小橋矗立在潺潺流淌的溪水旁，趁著這偶然生發的遊興，索性走過東面的山岡，去採擷更多的春光。黃鶯在枝頭啼鳴，燕子在樹下飛舞，蝴蝶更是忙碌著在花間穿梭，這般的風情，怎一個妙字形容得盡？

　　這首詞大約創作於熙寧年間，當時秦觀尚未出仕，還在家鄉閒居。某個春天，詞人乘興遊覽了一座自然質樸、風光綺麗的村莊，用白描的手法、淺近的語言，勾勒出一幅春光明媚、萬物競發的田園風光圖。

西江月 ·
夜行黃沙道中 · 明月別枝驚鵲　辛棄疾

明月別枝驚鵲，清風半夜鳴蟬。

稻花香裡說豐年，聽取蛙聲一片。

七八個星天外，兩三點雨山前。

舊時茅店社林邊，路轉溪橋忽見。

①社：社廟，祭祀土地神的地方。

THE MOON OVER THE WEST RIVER
Xin Qiji

Startled by magpies leaving the branch in moonlight,
I hear cicadas shrill in the breeze at midnight.
The ricefields' sweet smell promises a bumper year;
Listen, how frogs' croaks please the ear!

Beyond the clouds seven or eight stars twinkle;
Before the hills two or three raindrops sprinkle.
There is an inn beside the village temple. Look!
The winding path leads to the hut beside the brook.

庭院深深——最美的宋詞英譯新詮

緩緩晃動的月光驚醒了宿在枝頭的喜鵲；微微刮過的清風在夜半掀起一片蟬鳴。在稻花透出的芬芳裡，一陣陣此起彼伏的蛙聲，彷彿在悄悄談論著眼下這個豐收的年景。

七八顆星子在空闊的天幕上時隱時現，兩三點微雨若有若無地落在山前。從前路過的那家熟悉的茅店小屋，依然坐落在土地廟附近的樹林邊，才拐了個彎，溪上的那座小橋又忽地出現在眼前。

此篇為詞人在帶湖閒居時期經過上饒黃沙嶺道時所作。全詞從視覺、聽覺和嗅覺三方面，細細描摹了夏夜的山村風光，情景交融，生動逼真，一幕幕場景彷彿一幅潑墨的山水畫卷，恬淡自然，如夢如幻，是宋詞中以鄉野生活為創作題材的名篇佳作。

辛棄疾，原字坦夫，後改字幼安，號稼軒，山東東路濟南府曆城縣（今濟南市曆城區）人。傑出的豪放派詞人、將領，有「詞中之龍」之譽，與蘇軾合稱「蘇辛」，與李清照並稱「濟南二安」。

清平樂 ·
檢校山園書所見 · 連雲松竹　　辛棄疾

連雲松竹，萬事從今足。
拄杖東家分社肉，白酒床頭初熟。
西風梨棗山園，兒童偷把長竿。
莫遣旁人驚去，老夫靜處閒看。

①社肉：社日祭神之牲肉。

PURE SERENE MUSIC HILLSIDE GARDEN
Xin Qiji

Bamboos and pines extend to the clouds far and wide:
From now on, with all I am satisfied
Cane in hand,I go east to take my share of meat:
At the head of my bed the first brew of wine sweet.

The west wind ripens pears and dates in hillside land:
Children come stealthily, long pole in hand.
Do not scare them out of their pleasure!
I will sit quietly at leisure.

成片的松樹和竹子，彷彿連接著天上的白雲，氣勢恢宏。隱居在這裡，終日過著與世無爭的生活，該知足了，從今以後也不必再因為朝堂上的事憂心煩惱。碰上秋社，遂拄上手杖，到主持祭神的人家分回一分祭肉，恰好糟床裡那甕白酒剛剛釀成，索性便就著這美味的社肉，喝它個痛痛快快。

秋風刮過長滿梨和棗的山園，一群貪嘴的孩子，個個手握長竿，正偷偷撲打著樹上已經成熟的果實。不想叫家人轟走他們，我一個人躲在角落裡靜靜觀看他們天真無邪的舉動，倒是別有一番樂趣在心頭。

宋孝宗淳熙八年冬十一月，四十二歲的辛棄疾由江西安撫使改任兩浙西路提點刑獄公事，但隨即便因臺臣王藺的彈劾被免掉職務，不得不回到在上饒靈山之隈建成不久的帶湖新居，過起了退隱的生活。在賦閒期間，詞人非但沒有因為被迫退隱而心生煩惱，反倒生出擺脫官場紛擾的愉悅，並創作了大量讚美帶湖風光、歌唱村居生活的詞篇，此作便是其中之一。在詞人的筆下，他眼中的農村一片升平氣象，沒有矛盾，沒有痛苦，有酒有肉，豐衣足食，也從側面反映了南宋初期社會繁榮的景象。

鷓鴣天・代人賦・陌上柔桑破嫩芽
辛棄疾

陌上柔桑破嫩芽，東鄰蠶種已生些。

平岡細草鳴黃犢，斜日寒林點暮鴉。

山遠近，路橫斜，青旗沽酒有人家。

城中桃李愁風雨，春在溪頭薺菜花。

①平岡：平坦的小山丘。②暮：傍晚。③青旗：古時酒店門口掛的幌子。多用青布製成。

PARTRIDGES IN THE SKY WHERE IS SPRING?
Xin Qiji

The tender twigs begin to spout along the lane;
The silkworm's eggs of my east neighbor have come out.
The yellow calves grazing fine grass bawl on the plain;
At sunset in the cold forest crows fly about.

The mountains extend far and near;
Lanes crisscross there and here.
Blue streamers fly where wine shops appear.
Peach and plum blossoms in the town fear wind and showers,
But spring dwells by the creekside where blossom wildflowers.

田間的桑樹，柔軟的枝條剛剛綻出新芽；東鄰家的蠶卵，已經有一些開始孵化出了幼蠶。平緩的山坡上，黃牛犢兒正踩著細嫩的小草歡快地鳴叫。落日斜斜地照在那片還沒從凜冽的冬寒中恢復生氣的樹林間，但見一隻只晚歸的烏鴉，彷彿一團團墨點，正疲倦地歇在枝頭。

放眼望去，遠處近處的山峰都清晰可見，橫路斜路一一收入眸底。看，路的盡頭，青色的酒旗正迎風招展，那裡肯定藏著一家酒鋪，可以尋摸著前去沽一壺酒來喝。可歎城裡的桃花李花總是擔心風雨的侵襲，卻不知道，最明媚的春色，正在溪頭那一片開得恣意的薺菜花中絢美盛放呢。

此篇亦是詞人寓居帶湖期間的作品。隱退日久，詞人對農村生活的熱愛也日益加深，並已慢慢習慣了鄉居生活的恬淡，漸漸把自己融入淳樸的農民之中。

鷓鴣天 · 遊鵝湖醉書酒家壁 · 春入平原薺菜花　辛棄疾

春入平原薺菜花，新耕雨後落群鴉。
多情白髮春無奈，晚日青簾酒易賒。
閒意態，細生涯。牛欄西畔有桑麻。
青裙縞袂誰家女？去趁蠶生看外家。

①生涯：生活。②青裙縞袂（ㄇㄟ丶）：青布裙、素色衣，貧婦的服飾。借指農婦。③外家：泛指母親和妻子的娘家。

PARTRIDGES IN THE SKY WRITTEN ON THE WALL OF A WINE SHOP
Xin Qiji

Spring comes to the plain with shepherd's purse in flower,
A flock of crows fly down on new-tilled fields after shower.
What could an old man with young heart do on days fine?
At dusk he drinks on credit in the shop of wine.

People with ease Do what they please.
West of the cattle pen there're hemps and mulberries.
Why should the newly-wed in black skirt and white coat run
To see her parents before cocoons are spun?

　庭院深深——最美的宋詞英譯新詮

春天來了，平原上開滿了白色的薺菜花；剛剛耕好的田地，落滿了雨後覓食的烏鴉。然，滿腹的愁緒還是染白了這一頭多情的青絲，縱使春色撩人，也拿它沒有辦法，只好晚一點到掛著青布酒旗的酒家賒一點酒喝，一醉解它千愁。

村民們的神態悠閒自在，日子過得井然有序，就連牛欄附近的空地上也都種滿了桑和麻。春播即將開始，大忙季節就要到來，卻不知是誰家的年輕媳婦，正穿著素色的衣裳青色的裙子，趁著這大忙前最後的閒暇時光，兀自趕回娘家探親去了。

> 詞人閒居帶湖時期，經常去附近的鵝湖遊賞。春日田園的逶迤風光和農家閒適的生活圖景，讓不得已退隱江湖的詞人稍稍感受到些許欣慰，然，字裡行間仍舊掩藏不住詞人懷才不遇的無奈，與不甘閒居的進取之心。

清平樂·村居·茅簷低小 辛棄疾

茅簷低小，溪上青青草。

醉裡吳音相媚好，白髮誰家翁媼？

大兒鋤豆溪東，中兒正織雞籠。

最喜小兒無賴，溪頭臥剝蓮蓬。

①吳音：江南方言之一。②媼（ㄠˇ）：年老的婦人。

PURE SERENE MUSIC
Xin Qiji

The thatched roof slants low,
Beside the brook green grasses grow.
Who talks with drunken Southern voice to please?
White-haired man and wife at their ease.

East of the brook their eldest son is hoeing weeds;
Their second son now makes a cage for hens he feeds.
How pleasant to see their spoiled youngest son who heeds
Nothing but lies by brookside and pods lotus seeds!

茅草屋又矮又小，坐落在長滿青草的溪畔。一對頭髮斑白的老夫妻，正操著柔媚的吳地口音，帶著些許醉意在屋裡互相取笑，他們會是誰的父母呢？

　　定睛望去，這家的大兒子在溪東邊的豆田鋤草，二兒子正忙著編織雞籠。最令人喜歡的，是那個頑皮的小兒子，他正橫臥在溪頭草叢裡，剝著剛剛摘下的蓮蓬。

　　此詞作於辛棄疾寓居帶湖期間。由於詞人始終堅持抗金的政治主張，從二十一歲南歸以後，他一直遭受當權投降派的排斥打擊；四十三歲起，他長期未得任用，以致在信州（今江西上饒）閒居達二十年之久。理想的破滅，使他在隱居過程中更加關注農村生活，並寫下大量閒適詞和田園詞。這首詞透過淺顯的語言，惟妙惟肖地描摹了一個五口之家的農人生活情態，具有濃厚的生活氣息，表現出詞人對農村寧靜生活的喜愛。

畫堂春·外湖蓮子長參差　張先

外湖蓮子長參差，霽山青處鷗飛。
水天溶漾畫橈遲，人影鑒中移。
桃葉淺聲雙唱，杏紅深色輕衣。
小荷障面避斜暉，分得翠陰歸。

①霽（ㄐㄧˋ）：雨後轉晴。②溶漾：水波蕩漾的樣子。③畫橈（ㄖㄠˊ）：橈，船槳。此處指畫船。④鑒：鏡子。⑤桃葉：指歌女。

SPRING IN PAINTED HALL
Zhang Xian

The lotus blooms in outer lake grow high and low;
After the rain over green hills fly the gulls white.
The painted boats on rippling water slowly go;
Our shadows move on mirror bright.

Two maidens sing the song of peach leaf in voices low,
Clad in light clothes apricot-red.
They come back with green shadow fed.

西湖的外湖裡長滿了蓮蓬，望上去參差錯落，頗有一番韻致。天色已經放晴，雨後的青山顯得格外蒼翠，在湖山掩映的綠陰深處，一群雪白的鷗鳥正貼著藍天碧水歡快地翱翔。俯仰天光水色，但見水天相連，藍天蕩漾於碧波之中，綠水延伸至雲天之上，蔚為壯觀。為飽覽這湖光山色，他聽任畫船在水面上緩緩行進，眼前的湖水明澈，波平如鏡，人在船中，身影倒映在水中，彷彿在明鏡中移動，別是一番滋味在心頭。

船上的歌女雙雙唱起了古老的〈桃葉歌〉，那婉轉低徊的歌聲，久久縈繞在空中回旋不散。她們身穿的杏紅色薄衫，在青山、綠水、藍天的交相映襯下，顯得更加鮮豔亮麗，也把她們的面容襯得更加姣美。夕陽西下，金色的餘暉斜斜地灑落在畫船上，為避開陽光的灼曬，歌女們紛紛伸手從湖面上探來荷葉，一一遮擋在面前，卻不意又為她們增添了一分嬌憨的美麗。他把她們的美麗深深記在了心間。直到遊船歸去之時，意猶未盡的他，還覺得自己也分得了一分綠荷障面帶來的絲絲涼意。

> 詞風清麗，語言新鮮活潑，不矯揉造作，將交相輝映的自然美與女性美融為一境，是此作最為突出的藝術特色。

張先，字子野，烏程（今浙江湖州）人，北宋婉約派詞家代表人物。「能詩及樂府，至老不衰」，語言工巧，其詞內容大多反映士大夫的詩酒生活和男女之情，對都市社會生活也有所體現。

翦牡丹‧舟中聞雙琵琶‧野綠連空　張先

野綠連空，天青垂水，素色溶漾都淨。柳徑無人，墮絮飛無影。汀洲日落人歸，修巾薄袂，擷香拾翠相競。如解凌波，泊煙渚春暝。

①修巾薄袂：指婦女春日裝束。

PEONIES CUT DOWN
Zhang Xian

The green plain extends far and wide,
The azure sky hangs over waterside.
The endless river flows with ripples purified.
On willowy lanes there's no man in sight;
The willow falls down without shadow in flight.
People come back,drowned in slanting sunlight.
Girt with long belt and dressed with thin sleeves,
Girls vie in plucking flowers and green leaves.
They know how to tread on the waves, it seems,
On misty rivershore spring dreams.

彩絛朱索新整。宿繡屏、畫船風定。金鳳響雙槽，
彈出今古幽思誰省。玉盤大小亂珠迸。酒上妝面，
花豔眉相併。重聽。盡漢妃一曲，江空月靜。

②雙槽：此裡指雙琵琶。③漢妃：指漢代王昭君。

Newly adorned with tassels red and ribbons green,
They live behind embroidered screen.
The painted boat goes without breeze.
The golden phoenix on the pipa sings with ease.
Who knows if the woe old or new is played?
Big and small pearls run riot on the plate of jade.
Flowers and eyebrows vie in beauty in vain.
Listen again!
When the princess sings of her dream,
It will calm down the moon and the stream.

萬里晴空連接著一望無際的碧野，湛藍的天幕倒映在波光粼粼的水面上，放眼望去，天光雲影，江河大地，都處在一片萬籟俱寂的澄澈之中。岸邊，柳樹下的小徑上沒有一個行人，只看到一行行的落絮兀自在空中盤旋飛舞，一會兒工夫便沒了蹤影。日落黃昏，江心的小洲上，兩個踏著晚霞歸來的女子，一邊採著香草，一邊拾著翠羽，互相追逐著往停泊在煙霧深處的舟船走去，修長的錦帶隨風飄拂在纖薄的衣衫上，宛如江妃凌波而上。

　　不知不覺中夜已經深了，風平浪靜，畫船依舊泊在原地歸然不動。隔著船兒，他看到藏身在畫屏後的她們早已梳洗一新，身上繫著彩色的絲帶，格外亮麗惹眼。突地，兩把琵琶驀然弦起，抑揚頓挫的音韻頓時劃破長空的寂靜，跌宕起伏時如疾風驟雨，低回婉轉時似細語呢喃，一聲聲，把古往今來的幽怨都一股腦兒地彈奏了出來，只是，那滿腹幽思又有誰能解得？終於按捺不住，隔船邀醉，幾盅下肚，麗人們白皙的面頰早就因不勝酒力變得緋紅，那花容月貌下緊鎖的雙眉，似在訴說著無盡無法釋懷的愁緒。究竟，她們心裡藏了些什麼憂愁煩悶，還不能借著一曲琵琶調說與他聽嗎？他的心思，她們自然懂得，於是，一曲〈昭君怨〉又重新響徹在風清月靜的空闊江面上，弦起弦落，說的都是背井離鄉、流落江湖的生離死別。

> 　　世間所有的遇見都是久別重逢，所有的感動都隱藏在字裡行間，儘管只是偶然的擦肩，但這並不妨礙詞人以一顆易感的心走進歌女們的內心世界。

昭君怨 · 詠荷上雨 · 午夢扁舟花底　楊萬里

午夢扁舟花底，香滿兩湖煙水。

急雨打篷聲，夢初驚。

卻是池荷跳雨，散了真珠還聚。

聚作水銀窩，瀉清波。

LARNENT OF A FAIR LADY RAINDROPS ON LOTUS LEAVES
Yang Wanli

I nap at noon in a leaflike boat beneath lotusflowers;
Their fragrance spreads over mist-veiled West Lake.
I hear my boat's roof beaten by sudden showers,
And startled,I awake.

I find on lotus leaves leap drops of rain;
Like pearls they scatter and get together again.
They melt then into liquid silver
Flowing down the rippling river.

午間小寐，夢見蕩舟在西湖裡開得如火如荼的荷花間，那沁人的花香繚繞著滿湖迷濛的煙水，令人心曠神怡。耳畔忽地傳來篩豆般緊促的雨聲，「撲哧、撲哧」敲擊著船篷，一下子，便又把他從恍惚的夢境中驚醒。

以為在西湖賞荷，伸手揉揉惺忪的睡眼，才發現原來是在家中午睡，再定睛一看，一場突如其來的陣雨正肆意侵襲著門前的荷塘，一點憐香惜玉的心思也沒有。忍不住披衣下床，走到屋外欣賞雨中的荷花，卻看到那些落在荷葉上的雨滴，在風中不停地翻滾，忽聚忽散，像斷了線的珍珠，四處迸射，玲瓏可愛。眼花繚亂處，又見它們一齊聚攏在葉心，恰似一窩浮泛著波光的水銀，美到極致，可才一會的工夫，就又隨風滾入池塘，匯入清波，再也找尋不見。

楊萬里擅長描摹事物的動態，此詞亦不例外。綜觀全詞，立意新奇，構思精巧，夢境與現實對照寫來，曲折而富有層次。細細品味，彷彿可以看到晶瑩剔透的珍珠在碧綠的「盤」中滾動，嗅到荷花的陣陣清香。

楊萬里，字廷秀，號誠齋，吉州吉水（今江西吉水）人。共計作詩兩萬多首，傳世作品達四千二百首，並創造了語言淺近明白、清新自然，富有幽默情趣的「誠齋體」，被譽為一代詩宗，與陸游、尤袤、范成大並稱「中興四大詩人」。著有《誠齋集》。

浣溪沙・麻葉層層檾葉光　蘇軾

麻葉層層檾葉光，誰家煮繭一村香？隔籬嬌語絡絲娘。

垂白杖藜抬醉眼，捋青搗麨軟饑腸。問言豆葉幾時黃？

①檾（ㄑㄧㄥˇ）：青麻。②絡（ㄌㄨㄛˋ）絲娘：繅（ㄙㄠ）絲的婦女。③垂白：頭髮將白的老人。④捋（ㄌㄩˇ）青：從未熟的麥穗上採下麥粒。⑤麨（ㄔㄠˇ）：將米、麥磨粉炒熟製成的乾糧。⑥軟：飽之意。

SILK-WASHING STREAM
Su Shi

The leaves of jute and hemp are thick and lush in this land;
The scent of boiling cocoons in the village spreads.
Across the fence young maidens prate while reeling threads.

An old man raises dim-sighted eyes, cane in hand;
He blends new wheat with old and says, "Eat if you please."
I ask him when will yellow the leaves of green peas.

麻葉層層疊疊，檾葉柔韌光澤。誰家煮繭的香氣飄滿了整個村莊？信步遊走，隔著籬笆，便聽到繅絲女子嬌媚動聽的談笑聲緩緩傳入耳畔。

　　凝眸處，鬚髮皆白的老翁正拄著藜杖，抬著一雙迷離的醉眼，捋下剛成熟的麥子炒熟後搗成粉末進食。此情此景，令我心中老大不忍，千言萬語盤桓在心頭，到最後只化作了一句：豆葉什麼時候才會轉黃？

　　　　　　　這首詞帶有鮮明的鄉土色彩，充滿濃郁的生活氣息。儘管蘇軾描繪的只是農村仲夏風貌的一些側面，但筆觸始終圍繞著農事，尤其是麻蠶麥豆等直接關係到農民生活品質的農作物，可見詞人在題材上選擇和提取的不凡功力，這對於開拓詞境有極其積極的影響。

　　蘇軾，字子瞻、和仲，號東坡居士，眉州眉山（今四川省眉山市）人。他是北宋中期名震朝野的文壇領袖，在詩、詞、散文、書法、繪畫等藝術領域，都取得曠古爍今的傑出成就，以全能型才子名冠兩宋，可謂前無古人、後無來者。

浣溪沙・簌簌衣巾落棗花　蘇軾

簌簌衣巾落棗花，村南村北響繰車。牛衣古柳賣黃瓜。

酒困路長惟欲睡，日高人渴漫思茶。敲門試問野人家。

①簌簌（ㄙㄨˋㄙㄨˋ）：紛紛下落的樣子。②繰（ㄙㄠ）：通「繅」。繰車，即繅絲所用的器具。③牛衣：粗麻製成的衣服。

SILK-WASHING STREAM
Su Shi

Date flowers fall in showers on my hooded head;
At both ends of the village wheels are spinning thread;
A straw-cloaked man sells cucumbers beneath a willow tree.

Wine-drowsy when the road is long, I yearn for bed;
Throat parched when the sun is high, I long for tea.
I knock at a farmer's door to see what he'll treat me.

衣巾在風中簌簌作響，落滿繽紛的棗花。村南村北同時響起紡車繰絲的聲音，一派欣欣向榮的景象。凝眸處，穿著粗布衣裳的農人，正坐在古老的柳樹下叫賣黃瓜。

路途遙遠，酒後意興闌珊，實在疲乏得厲害，一路上都昏昏欲睡。豔陽高照，更使人困倦得厲害，好想喝口茶水解解渴，索性敲開一戶農家的院門，試著向主人討要一碗茶喝。

宋神宗元豐元年，蘇軾時任徐州太守。當年春天，徐州發生嚴重旱災，作為地方官的蘇軾曾率眾到城東二十裡的石潭求雨，得雨後，他又與百姓同赴石潭謝雨，這首詞便寫於謝雨路上。

鷓鴣天 · 林斷山明竹隱牆　蘇軾

林斷山明竹隱牆，亂蟬衰草小池塘。
翻空白鳥時時見，照水紅蕖細細香。
村舍外，古城旁，杖藜徐步轉斜陽。
殷勤昨夜三更雨，又得浮生一日涼。

①紅蕖（ㄑㄩˊ）：荷花。②三更：古代以漏刻記時，自傍晚至次日清晨分為五個時段，即五更，三更正是午夜。

PARTRIDGES IN THE SKY
Su Shi

Through forest breaks appear hills and Bamboo-screened wall;
Cicadas shrill o'er withered grass near a pool small.
White birds are seen now and then looping in the air;
Pink lotus blooms on lakeside exude fragrance spare.

Beyond the cots, Near ancient town,
Cane in hand,I stroll round while the sun's slanting down.
Thanks to the welcome rain which fell when night was deep,
Now in my floating life one more fresh day I reap.

蓊蓊鬱鬱的樹林盡頭，高聳的山峰從彌漫的雲霧中慢慢顯現出它的真容；竹林圍繞的屋舍旁，有長滿衰草的小池塘，知了正藏身其間，毫無章法地鳴叫個不停。空中不時有白色的鳥兒飛過，池塘裡的紅荷散發出淡淡的幽香，一派怡和的景象。

　　村舍外靠近古城牆的小徑上，我拄著藜杖徐徐徘徊，盡情享受著天地的恩賜，不知不覺中，夕陽已經西下。欣慰的是，昨晚三更時分，天公作美，殷勤降下一場夜雨，才使得漂泊的人又在羈旅之中感受到一日的清爽涼快。

　　　　寫這首詞時，蘇軾謫居黃州已經三年，政敵
　　的打擊和仕途的失意，不免讓他衍生出悲涼的
　　心緒，久而久之便產生了隨遇而安的思想。

行香子 · 冬思 · 攜手江村　蘇軾

攜手江村，梅雪飄裙。情何限、處處消魂。故人不見，舊曲重聞。向望湖樓，孤山寺，湧金門。

尋常行處，題詩千首，繡羅衫、與拂紅塵。別來相憶，知是何人。有湖中月，江邊柳，隴頭雲。

①何限：無限。②常行處：常去的地方。③拂紅塵：用衣袖拂去上面的塵土。

SONG OF INCENSE
Su Shi

We visited the riverside village hand in hand,
Letting snowlike mume flowers on silk dress fall.
How can I stand The soul-consuming fairy land!
Now separated from you for years long,
Hearing the same old song, Can I forget the lakeside hall,
The temple on the Lonely Hill And Golden Gate waves overfill?

Wherever we went on whatever day,
We have written a thousand lines.
The silken sleeves would sweep the dust away.
Since we parted, who Would often think of you?
The moon which on the lake shines,
The lakeside willow trees, The cloud and breeze.

還記得去年這個時候，和你攜手到江邊的村子遊賞，但見一樹一樹的梅花飄飛似雪，倏忽便落滿了衣襟。轉眼又是一個春天，舊日聽慣的曲調依舊響徹耳畔，只可惜去年還和自己結伴同遊的你已不在眼前。回首往事，想起和你一起吟風賞月的望湖樓、孤山寺、湧金門，心中充滿無限惆悵，那裡的每一個角落、每一處景致，都令人黯然神傷。

那時遊樂所至，幾乎處處都留下我們的題詩，算起來，該有不下千首了吧。而今，這些題詩早已落滿灰塵，想必得用繡羅衫拂拭乾淨才能看得清楚明白。時光荏苒，杭州一別，還有誰會在遙遠的他鄉想念著我呢？當然是西湖上空的明月、錢塘江邊的楊柳、城西山頭的雲彩，還有你這杭州的父母官。

宋神宗熙寧六年，蘇軾在杭州通判任上。宋制，知州知府總掌郡政，又設通判監政，共商和裁決管內大事。當時杭州知州陳襄，字述古，是蘇軾的至交詩友，他們都因反對王安石新法而被排斥出朝。這年十一月，蘇軾因公到常州、潤州視災賑饑，據宋人傅藻《東坡紀年錄》記載，此詞是蘇軾「自京口還，寄述古作」，當寫於熙寧七年二月由京口至宜興途中，返丹陽之時。

行香子·過七里瀨·一葉舟輕　蘇軾

一葉舟輕，雙槳鴻驚。水天清、影湛波平。魚翻藻
鑒，鷺點煙汀。過沙溪急，霜溪冷，月溪明。
重重似畫，曲曲如屏。算當年、虛老嚴陵。君臣一
夢，今古空名。但遠山長，雲山亂，曉山青。

①藻鑒：藻鏡，指背面刻有魚、藻紋飾的銅鏡。此處比喻像鏡子一
樣的水面。②嚴陵：即嚴光，東漢人，曾與劉秀同學，後助劉秀打
天下。劉秀稱帝後，他改名隱居。劉秀三次派人才把他召到京師。
授諫議大夫，他不肯接受，歸隱富春江，終日釣魚。③君臣：指劉
秀與嚴光。

Joy of Eternal Union
Passing the Seven-League Shallows
Su Shi

A leaflike boat goes light; At dripping oars wild geese take fright.
Under a sky serene Clear shadows float on calm waves green.
Among the mirrored water grass fish play
And egrets dot the riverbank mist-grey.
Thus I go past The sandy brook flowing fast,
The frosted brook cold, The moonlit brook bright to behold.

Hill upon hill is a picturesque scene;
Bend after bend looks like a screen. I recall those far-away years:
The hermit wasted his life till he grew old;
The emperor shared the same dream with his peers.
Then as now, their fame was left out in the cold.
Only the distant hills outspread Till they're unseen,
The cloud-crowned hills look disheveled And dawnlit hills so green.

駕著一葉輕舟在溪上遊蕩，那划動的雙槳一起一落，恰似驚飛的鴻雁，飛快地掠過水面。天空湛藍，水色清明，山影澄澈，波平如鏡。水中的游魚，不時躍出明鏡般的水面嬉戲，清晰可數；水邊的沙洲上，成群結隊的白鷺，正悠閒自得地走來走去。若要問我這裡的湖光到底與別處有何不同，君請看：日中的溪水，清澈而見沙底；清晨的溪水，清冷而有霜意；月下的溪水，則是一個明晃晃的水晶世界。

溪水兩岸起伏連綿的山峰，往縱深看，重重疊疊，如畫景；從橫列看，曲曲折折，如屏風。笑當年隱居在此不肯出仕的嚴光，到頭來卻是白白地在此終老，不曾真正領略到山水佳處。歷史上名聲大噪的皇帝和隱士，而今都已如夢般消逝無蹤，徒然留下一個個無足輕重的虛名，不如像我一樣放浪於山水間，恣意玩賞風月，陶冶情操。若要問我這裡的山色到底妙在哪裡，君請看：遠處的山峰，逶迤蜿蜒；雲霧彌漫的山峰，重巒疊嶂；拂曉時分的山峰，則又青翠欲滴、玲瓏可愛。

> 宋神宗熙寧六年春二月，時任杭州通判的蘇軾出巡富陽，由新城至桐廬，舟行富春江，經過七里瀨時寫下此詞。詞中描繪了七里瀨的絕美風光，表現了詞人對江南水鄉的熱愛，也流露了功名虛無、江山常在的人生哲學。

滿庭芳・歸去來兮　蘇軾

元豐七年四月一日，余將去黃移汝，留別雪堂鄰里二三
君子。會仲覽自江東來別，遂書以遺之。

歸去來兮，吾歸何處？萬里家在岷峨。百年強半，
來日苦無多。坐見黃州再閏，兒童盡楚語吳歌。山
中友，雞豚社酒，相勸老東坡。

①強半：大半。這年蘇軾四十八歲，近五十歲了。②楚語吳歌：黃
州當地方言。③社酒：祭祀土地神用的酒，此泛指酒。

COURTYARD FULL OF FRAGRANCE
Su Shi

Why not go home?
Where shall I go today?
My home in Eyebrow Mountain is a thousand miles away.
Fifty years old,I have not many days to come.
Living here for four years,
My children sing the southern song.
Villagers and mountaineers
With meat and wine ask me to stay
In Eastern Slope for long.

滿庭芳 · 歸去來兮

云何,當此去,人生底事,來往如梭。待閒看秋風,洛水清波。好在堂前細柳,應念我,莫剪柔柯。仍傳語,江南父老,時與曬漁蓑。

What shall I say
When I've left here?
How will my life appear?
Just as a shuttle comes and goes.
At leisure I'll see autumn breeze blows
And ripples the river clear.
I'll think of my willow tree slender.
Will you trim for me its twigs tender?
Please tell southern villagers not to forget
To bask my fishing net!

歸去啊歸去，可我的歸宿究竟在哪裡？故鄉遠在岷山峨眉山之間，距此有萬里之遙，可歎我羈旅之人身不由己，總是有家難歸。人生百年已過半，剩下的日子應該也不多了，這些年忙忙碌碌、碌碌忙忙，也不知到底是為了什麼。在黃州一待就是數年，已經歷經兩個閏歲，膝下的子女現在說的都是楚地方言，唱的都是吳語歌謠，我們和這個地方早就血脈相連。知道我就要離開了，山中結識的好友們輪流邀約我去家中品嘗美酒雞豚，紛紛勸我留下，可他們哪裡明白我打心底也是捨不得走的啊！

　　面對友人的一片盛情，卻不知道該說些什麼。人生苦短，到底為了什麼，總是輾轉奔波在路上，往來如穿梭？盼只盼，待到了汝州，能夠從百忙之中抽出時間，閒坐門前，看秋風一點一點地吹拂洛水，蕩起絲絲的清波。別了，我在堂前親手栽下的細柳，還請父老鄉親們不要剪去它們柔嫩的枝條，另外，我打魚時穿過的蓑衣，你們也要記得時常拿出來曬一曬，萬一哪天我就又回來了呢！

　　　　宋神宗元豐七年，因「烏臺詩案」而謫居黃州長達五年之久的蘇軾接到量移汝州安置的命令，鄰里友人紛紛前來相送，蘇軾便作此詞表達了對黃州父老依依難捨的別情，並以親密的友情來驅散遷客的苦情，以久慣世路的曠達之懷來取代人生失意的哀愁。

採桑子・輕舟短棹西湖好   歐陽修

輕舟短棹西湖好，綠水逶迤，芳草長堤，隱隱笙歌
處處隨。

無風水面琉璃滑，不覺船移，微動漣漪，驚起沙禽
掠岸飛。

①逶迤（ㄨㄟ ㄧˊ）：形容河道彎曲而長。

GATHERING MULBERRY LEAVES
Ouyang Xiu

Viewed from a light boat with short oars, West Lake is fair.
Green water winds along
The banks overgrown with sweet grass; here and there
Faintly we hear a flute song.

The water surface is smooth like glass when no wind blows;
I feel the boat moves no more.
Leaving ripples behind, it goes,
The startled waterbirds skim the flat sandy shore.

都說西湖風光好，乘著輕舟，划著短槳，深入西湖之中，該是多麼逍遙愜意的樂事！碧綠的湖水在眼前綿延不斷，長滿長堤的花草散發出淡淡的芳香，果然是人間天堂，妙不可言。遠處，隱隱傳來歡快的笙歌，船行到哪裡，它就跟到哪裡，在風中飄飄蕩蕩的都是無法言說的歡意。

風平浪靜的湖面，光滑得好似琉璃一樣，壓根就察覺不到船在前進。凝眸，但見微微的細浪在船邊輕輕地蕩漾，幾隻被船兒驚起的水鳥正掠過湖岸低低地飛翔，一切的一切，都恰似一幅潑墨山水畫，美得不可思議。

宋仁宗皇祐元年，歐陽修移知潁州，與梅堯臣相約買田於潁，以便日後退居。宋英宗治平四年，歐陽修出知亳州，特意繞道潁州，為謀歸休之計。數年後，以觀文殿學士、太子少師致仕，得以如願歸居潁州，幾次遊覽後，創作了〈採桑子〉十首，此即其一。全詞以輕鬆淡雅的筆調，描繪了詞人泛舟潁州西湖時所見美景，風格清麗，格調高雅，充滿詩情畫意。

歐陽修，字永叔，號醉翁，晚號六一居士，吉州永豐（今江西吉安永豐縣）人。與韓愈、柳宗元、蘇軾、蘇洵、蘇轍、王安石、曾鞏合稱「唐宋八大家」，並與韓愈、柳宗元、蘇軾合稱「千古文章四大家」，是宋代文學史上最早開創一代文風的文壇領袖，並領導了北宋詩文革新運動，繼承發展了韓愈的古文理論。曾主修《新唐書》，並獨撰《新五代史》，有《歐陽文忠集》傳世。

採桑子 · 畫船載酒西湖好　歐陽修

畫船載酒西湖好，急管繁弦，玉盞催傳，穩泛平波任醉眠。

行雲卻在行舟下，空水澄鮮，俯仰留連，疑是湖中別有天。

①空水澄鮮：天空與水面均澄澈明淨。

GATHERING MULBERRY LEAVES
Ouyang Xiu

West Lake is fine for us in painted boat loaded with wine.
From pipes and strings comes music fast;
From hand to hand jade cups soon passed,
Secure on calming waves, drunk we lie.

Fleeting clouds seem to float beneath our moving boat.
The sky seems near to the dinersnow.
Looking up and below, we will not go away.
It seems there's in the lake another sky.

都說西湖風光好，怎能不趁興乘著畫船，載著美酒，在湖中遊賞玩樂呢？急促喧繁的樂聲中，大家不停地傳遞著手中的酒杯，怎一個痛快了得！船兒緩緩地行駛在風平浪靜的湖面上，已經醉了的客人都安靜地睡在船艙裡，絲毫都用不著擔心會被顛簸驚醒。

睜開惺忪的醉眼，目不轉睛地俯視著湖面，但見白雲在船下浮動，清澈的湖水好似空然無物般明淨。我自快活如神仙，一會抬頭仰望藍天，一會探首俯視湖面，那水天一色連成一片的美景，讓人禁不住懷疑，這湖中是不是存在另外一個世界。

這首詞描摹了詞人在春天裡載酒遊湖之樂，盡興盡歡中觸景生情，每一處景致都信手拈來，不加雕琢，而詩情畫意卻油然而生，亦透露出主人公的豪情逸致。

採桑子·群芳過後西湖好　歐陽修

群芳過後西湖好，狼籍殘紅，飛絮濛濛。垂柳闌干盡日風。

笙歌散盡遊人去，始覺春空。垂下簾櫳，雙燕歸來細雨中。

①盡日：整天。②簾櫳（ㄌㄨㄥˊ）：窗戶上的竹簾。

GATHERING MULBERRY LEAVES
Ouyang Xiu

All flowers have passed away, West Lake is quiet;
The fallen blooms run riot.
Catkins from willow trees
Beyond the railings fly all day, fluffy in breeze.

Flute songs no longer sung and sightseers gone,
I begin to feel spring alone.
Lowering the blinds in vain,
I see a pair of swallows come back in the rain.

　庭院深深——最美的宋詞英譯新詮

百花凋謝之後，西湖的景致依然美得讓人驚歎。滿目凋殘的花兒在風中輕輕飄落，給大地鋪上了一層錦繡；飛揚的柳絮宛若迷濛的細雨，絲絲縷縷地滑入湖中，溫柔可愛；還有那低垂的柳枝，成日裡迎著風兒在欄杆外輕輕地搖擺，更是美不勝收。

　　傾耳，遠處傳來的笙歌漸漸消歇，定睛一望，那些在湖邊流連了一天的遊人也都次第散去，這才開始覺得春日無聊與空寂。輕輕歎息著踱回屋內，默默放下窗前的簾幕，卻看到一雙飛燕正迎著濛濛細雨悄然回到廊簷下的暖巢，那相依相伴的身影，驀地讓人心裡一驚。

　　　　詞人運用白描的手法，抒寫了寄情於湖光山色的悠然情懷。雖是寫暮春景色，然而通篇並無傷春之感，卻以疏淡輕快的筆墨描繪了詞人對潁州西湖的喜愛，創造出一種清幽靜謐的藝術境界。

浣溪沙·堤上遊人逐畫船　歐陽修

堤上遊人逐畫船，拍堤春水四垂天。綠楊樓外出鞦韆。

白髮戴花君莫笑，六么催拍盞頻傳。人生何處似尊前！

①四垂天：天幕彷彿從四面垂下。此處描繪湖上水天一色的景象。
②六么：唐時琵琶曲名。③尊：同「樽」，盛酒的器具。

SILK-WASHING STREAM
Ouyang Xiu

With painted boats along the shore sightseers vie;
The sky hangs low on four sides washed by waves of spring.
Green willows throw a swing
Out of the bower high.

Do not laugh at the white hair adorned with red flowers!
To the quick beat of the song of Green Waist
Wine cups are passed in haste.
Where can you find a happier life than drinking hours?

堤上，柳絲輕揚，遊人如織；湖上，畫船逶迤，波光瀲
灩。堤上踏青賞春的遊人，紛紛追逐著湖裡緩緩移動的畫
船，挨挨擠擠地朝前走去，一派喧鬧歡騰的景象。連天的
春水在湖面上淺淺地蕩漾，波濤不斷擊打著堤岸，那綠柳
掩映的小樓外，突地閃出一隻搖盪著歡聲笑語的鞦韆架
來，看得人眼花繚亂。

　　莫要笑話我這滿頭白髮的老翁，老大年紀還要在髮間插
上鮮花，我自放曠不羈，笑傲江湖。畫船上，絲竹繁奏，
那委婉動聽的琵琶曲調〈六么〉迅即響徹在雲霄，人們談
笑風生，頻頻交杯換盞，好不快活。唉，人生匆促，還有
什麼快樂能比得上對酒當歌呢？

　　　　這首詞應當作於宋仁宗皇祐元年至二年詞人
　　穎州任上。作者用清麗淡雅的語言，細膩入微
　　地描繪了春日泛舟穎州西湖上的所見所感，表
　　達了詞人歡快的心情和及時行樂的樂觀心態。

閒鵲喜・吳山觀濤・天水碧　　周密

天水碧，染就一江秋色。

鼇戴雪山龍起蟄，快風吹海立。

數點煙鬟青滴，一杼霞綃紅濕。

白鳥明邊帆影直，隔江聞夜笛。

①鼇（ㄠˊ）：海中的大龜。②蟄（ㄓˊ）：潛伏。③鬟（ㄏㄨㄢˊ）：婦女頭髮挽成中空環形的一種髮髻。④綃（ㄒㄧㄠ）：生絲織成的絲織品。

GLAD TO HEAR MAGPIES
Zhou Mi

The sky with water blends,
The river dyed in autumn hues extends.
Snow-crowned hills and dragons rise from the deep;
Swift wind blows the sea up like a wall steep.

Blue dots seem to drip from mist-veiled hills,
The rainbow clouds redden the sky like grills.
Far away white birds mingle with sails white,
Beyond the stream we hear a flute at night.

天光水色一片澄碧，放眼望去，秋天的錢塘江靜美而寧和。忽地，江潮湧來，彷彿神龜馱負的雪山，又恰似蟄伏的巨龍從夢中驚起，更像是疾風將海水吹立成一道不可摧毀的銅牆鐵壁。

潮過風歇，遠處的青山彌漫著淡淡的煙靄，彷彿美人頭上的鬟髻，蒼翠欲滴；天邊的紅霞，如同剛剛織好的綃紗，染著潮水噴湧後的濕意，美不勝收。日落黃昏，白鷗追逐著舟船在天際上下翻飛，那點點的帆影直直地映入眼簾，自是心曠神怡。然而最妙的，卻是入夜後聽到的那一聲聲從隔岸傳來的笛韻，悠悠，幽幽，正淺淺地浮蕩在風平浪靜後的江面上，心一下子便徹底靜了。

古人描寫錢塘江潮的詞作較多，而這首詞妙就妙在「以畫為詞」，將觀潮前後的全過程進行了繪聲繪色的描摹，使讀者彷彿身臨其境。末尾一句，寫聞笛，其實還是寫江潮，看似平淡無奇，實則餘韻無窮。

周密，字公謹，號草窗，吳興（今浙江湖州）人，南宋覆滅後，入元不仕。能詩詞，擅書畫，詞作典雅濃麗、格律嚴謹，與吳文英齊名，時人號為「二窗」。著述繁富，留存詩詞集有《草窗舊事》《萍洲漁笛譜》《雲煙過眼錄》《浩然齋雅談》等，並編有《絕妙好詞》。筆記體史學著作《武林舊事》《齊東野語》《癸辛雜識》等，是反映宋代杭州京師風情及社會生活的重要史料。

蝶戀花‧春漲一篙添水面　范成大

春漲一篙添水面。芳草鵝兒，綠滿微風岸。畫舫夷
猶灣百轉，橫塘塔近依前遠。

江國多寒農事晚。村北村南，穀雨才耕遍。秀麥連
岡桑葉賤，看看嘗麵收新繭。

①篙（ㄍㄠ）：撐船的竹竿。②夷猶：此處指船行遲緩。③江國：水鄉。
④穀雨：二十四節氣之一，清明之後。⑤看看：即將之意。

BUTTERFLIES IN LOVE WITH FLOWERS
Fan Chengda

In spring the water rises high,
The grassy shore is greened by the light breeze.
Where swim the geese,
The painted boats move slowly on the winding streams,
The tower is still far away, though near it seems.

The weather's cold by riverside,
The fields are not tilled far and wide
Till the season of rain comes nigh.
Wheat and mulberry leaves spread a green hue,
Soon we may taste the grain and reap the cocoon new.

春天到了，池水漲了一篙的深度，水面也變得更加寬廣。芳草如茵，鵝兒蹣跚著在水邊覓食，那鮮嫩的草色，在微風的吹拂下，迅即染綠了河塘兩邊的堤岸。畫船繞著九曲水灣緩慢地移動，注目處，橫塘邊的高塔彷彿已近在眼前，可實際上卻依然遙不可及。

江南水鄉多春寒，農事也比別處進行得晚些，村北和村南，每年都會等到穀雨時節才會開犁破土，耕地播種。儘管如此，田裡的春麥也都已經結穗，麥浪隨風起伏，早就和遠處的山岡連成一片。值得慶幸的是，蠶事也都進行得很順利，眼看著豐收在望，所以桑葉的價錢也變得越來越低，而我現在要做的，便是等著和農家一起品嘗新的炒麵，分享他們收取新繭的歡喜。

> 此詞是詞人隱居蘇州時所作，透過對寧和淳樸的村野生活的描寫，逼真地體現出濃郁的農家氣息，讀來令人心醉。

范成大，字至能，一字幼元，晚號石湖居士，吳縣（今江蘇蘇州）人。與楊萬里、陸游、尤袤合稱「中興四大詩人」，其作品在南宋末年即產生廣泛影響，到清初更有「家劍南而戶石湖」（劍南即陸游）的說法。著有《石湖集》《攬轡錄》《吳船錄》《吳郡志》《桂海虞衡志》等。

鳳棲梧 · 蘭溪 · 桂棹悠悠分浪穩　　曹冠

桂棹悠悠分浪穩。煙霏層巒，綠水連天遠。贏得錦
囊詩句滿，興來豪飲揮金碗。
飛絮撩人花照眼。天闊風微，燕外晴絲卷。翠竹誰
家門可款？艤舟閒上斜陽岸。

①款：扣、敲。②艤（一ˇ）舟：把船停靠在岸邊。

PHOENIX PERCHING ON PLANE TREE
THE ORCHID STREAM
Cao Guan

The laurel boat cleaving the waves slowly goes by,
Mist veils peaks low and high,
Green water joins the far-off sky.
My pocket with verse and rhyme is filled up,
In high spirits I drink in my golden cup

The willow down and flowers in flight tease my eye,
A soft breeze blows in the vast sky,
Through willow branches swallows fly.
Whose green bamboo invites me to the door?
I moor my boat at sunset and go to the shore.

船槳悠然地划動水面，船兒穩穩地推開波浪向前行駛。輕煙籠罩著兩岸層疊的山巒，碧水一直延伸向遙遠的天邊。這殊勝的景色，又為我贏得無數詩情畫意的錦囊妙句，興奮得我連連舉起金碗狂飲著美酒。

飛揚的柳絮，鬧騰地撲面而來，撩逗得行人前俯後仰；鮮豔的花朵，在日照的光影下，更顯光彩奪目。晴朗的天空廣闊無垠，和煦的微風輕輕地吹拂，燕子貼著水面低低地飛過，那悠長的柳絲正擦著牠們的身體在風中輕盈地舒卷。沿著溪畔緩緩前行，但見翠竹掩映之處，藏著一戶幽靜的院落，興致所至，隨即棄舟登岸，叩門相訪，卻不意，不知不覺中，又到了夕陽西下的時候。

這首詞描寫了詞人泛舟蘭溪的所見所聞，表現了其對故鄉山川風物的熱愛。優美的意境，質樸的語言，明快的節奏，讀之輕鬆愉悅，回味甘甜。

曹冠，字宗臣，號雙溪，東陽（今屬浙江金華）人，年八十卒。有《雙溪集》二十卷，《景物類要詩》十卷，詞《燕喜詞》一卷存世。

望江南 · 三月暮　吳文英

三月暮，花落更情濃。人去鞦韆閒掛月，馬停楊柳倦嘶風。堤畔畫船空。

懨懨醉，長日小簾櫳。宿燕夜歸銀燭外，啼鶯聲在綠陰中。無處覓殘紅。

①懨懨（一ㄢ）：困倦的樣子。

DREAMING OF THE SOUTH
Wu Wenying

Late in spring, The fallen blooms Add to my growing gloom.
She's gone; the crescent moon hangs idle over the swing;
The horse beneath willow trees
Neighs tiredly in the breeze.
By waterside an empty painted boat is tied.

Drunk and weary, All the day long I stay behind the curtain dreary.
The swallows coming back at night
Take rest beyond my silver candlelight
Orioles' warble fades Amid green shades.
Nowhere out of the bower, Can be found an unfallen flower.

暮春三月，花兒兀自凋零，情意卻比從前還要濃厚。自打相愛的人兒離開後，鞦韆就成了園中的擺設，一直都在月光下孤孤單單地懸掛著，就連拴在柳樹下的馬兒也懶得迎風嘶叫，而泊在堤邊的畫船上更是空無一人，那分冷清到底的蕭條，無法不讓人疑惑往日裡的笙歌四起是否只是春夢一場。

　　日復一日地悵坐在簾後守著一個人的浪漫，她終日裡只感到渾身乏力，總是昏昏欲睡。怕孤單，愈孤單，早早地點上了銀燭，卻驚著了回家的燕子，遠遠地避開燭光，不敢飛回巢中。盼郎歸，郎不歸，黃鶯在柳蔭下不住地啼鳴，可有哪一句是替他捎來的音信？歎，春光漫隨水逝，回首間，竟連落花也遍尋不見，又哪裡去找尋他的身影？

> 　　這是一首傷春懷遠的豔情詞，卻被詞人以娟雅的筆觸和綿密的情意，將主人公悱惻的情態細細描摹而出，一點都不落俗套。

> 　　吳文英，原出翁姓，後出嗣吳氏，字君特，號夢窗，晚年又號覺翁，四明（今浙江寧波）人。

霜天曉角・春雲粉色　高觀國

春雲粉色。春水和雲濕。試問西湖楊柳，東風外、
幾絲碧。

望極。連翠陌。蘭橈雙槳急。欲訪莫愁何處，旗亭
在、畫橋側。

①莫愁：泛指歌女。

Morning Horn and Frosty Sky
Gao Guanguo

Spring's rosy clouds are high,
Yet wet with vernal rain.
Ask the lakeside willows trees
How many branches greened by vernal breeze?

I stretch my eyes
Over the vast green plain
And row the two oars across the lake wide.
Where is the songstress fair?
The poet's pavilion is still there,
By the bridge side.

天上的彩雲倒映在煙波浩渺的西湖中，恰似浴水而出，濕漉漉的，煞是可愛。又是一年春來到，忍不住想要問一問西湖兩岸風情萬種的楊柳，東風過處，又會漾起幾多碧綠的柳絲。

放眼望去，西湖的盡頭連接著一條翠綠的長堤，那裡是不是藏著更多的美景？還猶豫什麼，索性加快划槳的速度，讓蘭舟更快地駛向堤岸，不為別的，只因為那個叫作莫愁的女子就住在畫橋邊的酒樓裡。

詞人運用輕快詼諧的語調，生動貼切地描繪了西湖的秀美風光，並藉以抒發了心中的暢快。措辭精當，給人以清新活潑之感，格調十分高雅。

高觀國，字賓王，號竹屋，山陰（今浙江紹興）人。與史達祖友善，時常相互唱和，詞亦齊名，時稱「高史」，為「南宋十傑」之一。有詞集《竹屋癡語》存世，詞作句琢字煉，格律謹嚴，繼承了周邦彥的風格，同時也受到「體制高雅」的姜夔詞風的影響，所以又被稱為姜夔的羽翼。

南柯子・池水凝新碧　吳潛

池水凝新碧，闌花駐老紅。有人獨立畫橋東。手把
一枝楊柳、繫春風。

鵲絆遊絲墜，蜂拈落蕊空。鞦韆庭院小簾櫳。多少
閒情閒緒、雨聲中。

①闌：闌干，也作「欄杆」、「欄干」。②老紅：即將凋謝的花朵呈現
的暗紅色。③閒情閒緒：無聊孤寂的情緒。

SONG OF A DREAM
Wu Qian

By pools of congealed green
Red flowers form a screen.
East of the painted bridge alone stands she,
Trying to bind spring breeze with sprigs of willow tree.

Magpies fly through gossamers light,
The bees alight on falling flowers in vain.
A swing hangs in the yard before the window bright.
How much sorrow and leisure she feels in the rain!

池塘裡的春水蕩漾著垂柳的青碧，花欄裡的花兒儘管即將凋敗卻還留著最後一抹殘紅，眼看著春天就要盡了。她孤身一人站在畫橋東邊，手裡把弄著一枝楊柳，像是要讓它拴住即將遠去的春風。

飄拂的柳絲被喜鵲絆落在空中，勤勞的蜜蜂連落花都不肯錯過，依舊忙碌地採著花蜜。春天就要過去了，她百無聊賴地從鞦韆邊走過，緩緩穿過庭院回到屋裡，呆呆地站在小窗下，心裡滿裹著惆悵。忽地，外面又下起了雨來，聽著那淅瀝淅瀝、不絕如縷的雨聲，她一點賞春的興致也沒了，罷了，就讓那些說不得的閒情閒緒都埋葬在這最後的春雨中吧！

> 詞人透過對各種春景的描繪，表現了一位妙齡女子的惜春之情。在美人惜春的背後，亦表達了詞人對流逝的青春的眷戀。

吳潛，字毅夫，號履齋，宣州寧國（今屬安徽）人。與姜夔、吳文英等多有交往，但詞風卻更近於辛棄疾。其詞多抒發濟世憂國的抱負與報國無門的悲慨，格調沉鬱。著有《履齋遺集》，詞集有《履齋詩餘》存世。

卜算子 · 詠梅 · 驛外斷橋邊　　陸游

驛外斷橋邊，寂寞開無主。
已是黃昏獨自愁，更著風和雨。
無意苦爭春，一任群芳妒。
零落成泥碾作塵，只有香如故。

SONG OF DIVINATION ODE TO THE MUME BLOSSOM
Lu You

Beside the broken bridge and outside the post hall
A flower is blooming forlorn.
Saddened by her solitude at nightfall,
By wind and rain she's further torn.

Let other flowers their envy pour!
To spring she lays no claim.
Fallen in mud and ground to dust, she seems no more,
But her fragrance is still the same.

驛站之外的斷橋邊，梅花在孤單寂寞中綻開絕世芳華，卻是無人問津。暮色降臨，不想孤芳自賞的它只好獨自飲下滿懷愁苦，未曾料又遇到一場風雨的侵襲，好不淒涼。

　　品格高貴的梅花，從來都不曾想要費盡心思地去爭寵鬥豔，也不在意百花對它的妒忌，即便凋謝了被碾作泥土，化作塵埃，亦依然如故地散發出絲絲縷縷的幽香。

　　　此詞以梅花自況，既表達了詞人無法建功立業、在官場上受到排擠冷落的失意，又表達了自己不會刻意逢迎、趨炎附勢的高貴品質，即便化作塵泥，也會保持一貫的操守與勁節。

　　陸游，字務觀，號放翁，越州山陰（今浙江紹興）人。詩、詞、散文俱佳，兼擅書法。一生作詩無數，僅保存下來的就有九千三百餘首，詩風豪放，氣魄雄渾，頗類李白，故有「小太白」之譽，與楊萬里、范成大、尤袤合稱「中興四大詩人」。

傑出的全能型文人：陸游

陸游縱橫的才情還體現在豐碩的史學研究成果上，由其編纂的《南唐書》，在書卷、人物上雖不及馬令版之多，但其「簡核有法」，辨前史之誤，補前史之失，在史料的增補保存方面有著不可忽視的巨大價值。可以說，他和蘇東坡一樣，是有宋一代最為傑出的全能型文人。

「紅酥手，黃縢酒，滿城春色宮牆柳。」一闋纏綿悱惻而又裏挾著滿腹愁緒的〈釵頭鳳〉，讓陸游成為南宋朝最具知名度的詞人才子。然而他在詞作方面的成就遠不及其在詩歌方面的造詣，我們在兒時的課文中最早認識他，始終緣於他臨終前寫下的那首〈示兒〉詩，一句「王師北定中原日，家祭無忘告乃翁」，至今仍記憶猶新。不過這並不影響他在詞壇的地位，作為「辛派詞人」的中堅人物，儘管存世詞作只有一百四十餘首，但因為他超然的才氣，以及曾親赴西北前線的經歷，得以創造出了稼軒詞所沒有的另一種藝術境界，只可惜詞風多變而終未能熔煉成獨特個性，有集眾家之長「而皆不能造其極」之憾。

他出生在南北宋交替之際，相傳是大學士秦觀轉世，母親在淮水上生他的時候曾夢見秦觀來訪，所以字便沿用了

秦觀的名，名也理所當然地承襲了秦觀的字。他一生沒做過什麼大官，卻因為外放走過大半個中國，爬過福建的山，蹚過江西的河，飲過四川的水，亦到陝西見識過金戈鐵馬。雖然懷才不遇，政治主張從來都不曾被當權者重視並接納，但他那顆愛國心自始至終都掛懷著淪陷在金人鐵蹄下的北方失地，直到閉上眼睛的那一刻，念念不忘的，依然還是那些令人敬仰的家國情懷。

　　他學富五車，才高八斗，卻不能護一生摯愛的髮妻唐琬周全，眼睜睜看著母親以無出和貽誤了他科舉之途的罪名將她逐出家門，並在母親的威逼下，一紙休書斷絕了與她的夫婦之情。他也曾試圖金屋藏嬌，另築別苑把她悄悄安置，以待母親回心轉意，不料竟把她推入萬劫不復的深淵。她終是改適他人，他也另娶嬌妻，自此，深愛成陌路。經年後，沈園重逢，他在牆壁上為她題寫下千萬重惆悵和滿腔的無奈不得已，卻換得她紅淚落，抑鬱成疾，終為他憔悴至死。以後的以後，他途經的每一寸土地，都沾染著她的血淚，直至終老，她的離去依然是他心底最深的遺恨。

2

相思已深
第二章

ACACIA IS DEEPENING
DAY BY DAY

鵲橋仙‧纖雲弄巧　秦觀

纖雲弄巧，飛星傳恨，銀漢迢迢暗度。金風玉露一相逢，便勝卻人間無數。

柔情似水，佳期如夢，忍顧鵲橋歸路。兩情若是久長時，又豈在朝朝暮暮。

①飛星：流星。一說指牽牛、織女二星。②銀漢：銀河。③忍顧：怎忍回視。④朝朝暮暮：指朝夕相聚。

IMMORTALS AT THE MAGPIE BRIDGE
Qin Guan

Clouds float like works of art,
Stars shoot with grief at heart.
Across the Milky Way the Cowherd meets the Maid.
When Autumn's Golden Wind embraces Dew of Jade,
All the love scenes on earth, however many, fade.

Their tender love flows like a stream;
Their happy date seems but a dream.
How can they bear a separate homeward way?
If love between both sides can last for aye,
Why need they stay together night and day?

纖薄的雲彩在夜空中變幻出各種曼妙的姿態，流星飛馳著劃過天幕，傳遞著亙古的離愁別怨。銀河遼闊，織女和牛郎被長久地分隔在兩岸，唯有七夕之夜才能渡過長河悄然抵近彼此。秋風白露中的相會雖然短暫，那分執手相望的甜蜜，卻勝過塵世間那些長相廝守卻又貌合神離的夫妻。

然，縱使繾綣的柔情恰似流水般綿延不斷，這重逢的佳期亦匆促得如夢影般縹緲虛幻，剎那的聚首之後便即遭遇再一次的離別，轉身之際更讓人不忍直視來時的鵲橋歸路。罷了罷了，既然造化無情，只要相愛的人兒兩情相悅、至死不渝，又何必貪求那日日夜夜的卿卿我我？

借用牛郎織女的傳說來表現人間的悲歡離合，古已有之，如《古詩十九首‧迢迢牽牛星》、曹丕的〈燕歌行〉等，雖遣詞造句各異，卻都承襲了「歡娛苦短」的傳統主題，格調哀婉悽楚，相形之下，秦觀此詞堪稱獨出機杼，立意高遠。此詞的創作背景歷來多有分歧，有說為侍妾邊朝華所作，有說為長沙義倡而作，有說為蔡州營妓婁琬、陶心兒所作，不一枚舉，唯一可以確定的是，詞作中隱含了作者因黨爭被貶後的身世之慨。

臨江仙‧夢後樓臺高鎖　　晏幾道

夢後樓臺高鎖，酒醒簾幕低垂。去年春恨卻來時。
落花人獨立，微雨燕雙飛。
記得小蘋初見，兩重心字羅衣。琵琶弦上說相思。
當時明月在，曾照彩雲歸。

①卻來：再來。②彩雲：喻美人。

RIVERSIDE DAFFODILS
Yan Jidao

Awake from dreams,I find the locked tower high;
Sober from wine,I see the curtain hanging low.
As last year spring grief seems to grow.
Amid the falling blooms alone stand I;
In the fine rain a pair of swallows fly.

I still remember when I first saw pretty Ping,
I silken dress embroidered with two hearts in a ring,
Revealing lovesickness by touching pipa's string.
The moon shines bright just as last year;
It did see her like a cloud disappear.

夢醒之後，但見樓臺朱門緊鎖；酒意消退，映入眼簾的唯有重重低垂的簾幕。此時此刻，去年春天衍生的離情別恨，又在不經意間迅疾湧上心頭，彷彿又看到那人在落花繽紛中幽然獨立、燕子在和風細雨中雙雙翱翔的景象。

　　還記得與小蘋初見時，她穿著兩重心字香熏過的羅衣，美得不可方物。琵琶輕彈，她在弦上娓娓訴說著相思，滿眼都是寵溺的嬌媚，歎只歎，當時曾映著她彩雲般的身影翩然歸來的明月，如今還高高掛在天邊，而她卻早已消逝在他眼前。

　　晏幾道在《小山詞‧自跋》裡說：「沈廉叔，陳君寵家有蓮、鴻、蘋、雲幾個歌女。」晏每填一詞就會交給她們演唱，然後與陳、沈「持酒聽之，為一笑樂」。晏幾道的詞作透過兩家「歌兒酒使，俱流傳人間」，可見他跟這些歌女都結下了不解之緣，而此詞就是他為懷念歌女小蘋而作，情景交融，堪稱經典，其中「落花人獨立，微雨燕雙飛」更是膾炙人口的絕妙佳句。

　　晏幾道，字叔原，號小山，晏殊第七子。性孤傲，與其父合稱「二晏」，詞風似父而造詣過之。工於言情，其小令語言清麗，感情深摯，是婉約派的重要詞人，有《小山詞》存世。

長相思‧長相思　晏幾道

長相思，長相思。若問相思甚了期，除非相見時。
長相思，長相思。欲把相思說似誰，淺情人不知。

①甚了期：何時才是了結的時候。②似：給。③淺情人：薄情人。

EVERLASTING LONGING
Yan Jidao

I yearn for long,
I yearn for long.
When may I end my yearning song?
Until you come along.

I yearn for long,
I yearn for long.
To whom may I sing my love song?
To none in love not strong.

長長的相思，是萬般的柔情；長長的相思，是刻骨的傷痛。若問這滿腹的相思何時才能走到盡頭，除非是在他們再度相見之時。

長長的相思，深沉如大海；長長的相思，高遠若蒼天。然，又要把這豐茂的相思之情說給誰聽呢，那薄情寡義的人是萬萬不能體會的！

宋徽宗大觀年間，詞人已趨風燭殘年，其間創作的作品多為充滿悲情的回憶之作，此首〈長相思〉便是因懷念舊日情人而作，語極淺近，而情極深摯。

浣溪沙・二月和風到碧城 晏幾道

二月和風到碧城，萬條千縷綠相迎。舞煙眠雨過清明。

妝鏡巧眉偷葉樣，歌樓妍曲借枝名。晚秋霜霰莫無情。

SILK-WASHING STREAM
Yan Jidao

The gentle breeze of second moon has greened the town.
Thousands of your branches swing and sway up and down.
You dance in mist and sleep in rain on Mourning Day.

Ladies pencil their brows to imitate your leaf.
Songstresses sing your song to diminish their grief.
Late autumn frost, why delight in willows' decay?

二月的春風緩緩吹過，城中一派綠意盎然的景象。千萬條柳枝迎風飄拂，在晴煙輕靄中舞動，在霏霏細雨中安眠，不知不覺已過了清明。

　　美人對鏡梳妝，總愛把雙眉畫成柳葉的形狀，歌樓宴飲時也都喜歡淺唱一曲〈柳枝〉，想必是要把春天永遠留在心間吧。青春易逝，紅顏易老，盼只盼，晚秋的霜霰不要無情地摧折楊柳，時光也不要帶走她的花容月貌。

　　春光總是最美的景致，然而也是最易逝的。青春和春光一般，倏忽即逝，誰也無力挽回，更無法挽回，唯有祈盼上天，讓時光走得慢些。

卜算子・春情・春透水波明　秦湛

春透水波明，寒峭花枝瘦。極目煙中百尺樓，人在樓中否。

四和嫋金鳬，雙陸思纖手。擬倩東風浣此情，情更濃於酒。

①峭（ㄑㄧㄠˋ）：寒冷。②四和：香名，亦稱四和香。③嫋（ㄋㄧㄠˇ）：擺動。④金鳬（ㄈㄨˊ）：鴨形的銅香爐。⑤雙陸：一種古代的賭博方式。⑥倩：請人代為做事。

SONG OF DIVINATION
Qin Zhan

Spring mirrored in the water clear,
Flowers are thin in cold severe.
I stretch my eye to the sky's end for the high tower.
Is she still in her bower?

From golden censer wafts incense nice.
Are her fair hands playing with dice?
I'd ask the east breeze to bring her a lover's line,
For love intoxicates more than wine.

庭院深深──最美的宋詞英譯新詮

春色穿透清澈的水面，觸目所及之處，波光瀲灩，明豔動人。乍暖還寒的季節，三兩枝含苞待放的花兒正迎風搖擺，一副弱不禁風的模樣。踮起腳尖，努力望向遠處那幢煙霧繚繞的百尺高樓，無奈望來望去什麼也沒看到，更不知道此時此刻，那意中的人兒是否還在樓裡將他悄然等待。

　　四和香從金梟香爐裡嫋嫋升起，她倩麗的身影與氤氳的煙霧相融，只一眼，便醉卻他無數風華。多渴望和她玩一次雙陸啊，那樣就可以裝作不經意地觸碰到她纖若柔荑的玉指。愛她惜她，好想把東風請來，把自己對她戀慕的感情蕩滌得更加純粹，讓它比美酒還要醇香，還要濃釅。

> 　　這是秦湛唯一流傳於世的詞作。春水通透，百花待放，詞人觸景生情，忍不住在心底想像著自己與伊人共賞春色的美好情景，堪稱癡情。

> 　　秦湛，秦觀之子，字處度，號濟川，行名大七（一作祖七）。少好學，善畫山水，其詞僅存〈卜算子〉一首，及一些斷句，如「藕葉清香勝花氣」，為一時盛傳之句。亦能詩，嘗與李之儀唱和。

卜算子・我住長江頭　李之儀

我住長江頭，君住長江尾。日日思君不見君，共飲長江水。

此水幾時休，此恨何時已。只願君心似我心，定不負相思意。

Song of Divination
Li Zhiyi

I live upstream and you downstream.
From night to night of you I dream.
Unlike the stream you're not in view,
Though we both drink from River Blue.

Where will the water no more flow?
When will my grief no longer grow?
I wish your heart would be like mine,
Then not in vain for you I pine.

我家住在長江源頭，君家住在長江尾部。日日思念著你卻又見不到你，即便每天都同飲一江之水，也抹不去我內心糾葛的萬千愁緒。

悠悠的江水什麼時候才會枯竭，別離的苦恨什麼時候才能消逝？只願你的心，始終和我的心一樣堅守不移，就不會辜負了我對你的這番柔情蜜意。

沒有刻意雕琢的詞句，沒有故作高深的說教，輕描淡寫的幾句話，就在字裡行間把一個女子如水般纏綿的心事娓娓道來，其質樸平實的風格，讀來頗有幾分民歌的韻味。

李之儀，字端叔，自號姑溪居士、姑溪老農，滄州無棣（今屬山東慶雲縣）人。北宋中後期「蘇門」文人集團重要成員，一生官職雖不顯赫，但其與蘇軾的文緣情誼卻令人稱道。著有《姑溪詞》《姑溪居士前集》和《姑溪題跋》。

醉太平・閨情・情高意真　劉過

情高意真，眉長鬢青。小樓明月調箏，寫春風數聲。
思君憶君，魂牽夢縈。翠銷香暖雲屏，更那堪酒醒。

①小樓：女子的妝樓（閨房）。②魂牽夢縈：形容十分掛念。③翠銷
（ㄒㄧㄠ）：指醒來時畫在娥眉上的青綠顏色已漸消退。④雲屏：屏風
上以雲母等物鑲嵌，潔白如銀，又稱銀屏。

Drunk in Time of Peace
Liu Guo

With heart and mind aspiring high,
With eyebrows long and forehead dark,
In moonlit bower to play on zither I try.
O vernal wind,O hark!

I think of you,I long for you, unseen
Even in my dream,O beloved of mine!
When incense warms the mica screen,
What can I do when I'm awake from wine?

對他的情意高遠，對他的愛意雋永。修長的眉毛，烏黑的鬢髮，無一例外地流瀉著她對他的真心真意。坐在月光遍灑的小樓上，她默默調弄著古箏，任悠悠的歌聲，在春風裡，低低訴說著對他的思慕。

　　想念著他，掛記著他，一整個晚上都為他魂牽夢縈。相思之苦，總是讓人痛斷肝腸，望著被沉香熏暖的繡著雲彩的畫屏，剛剛畫好的眉黛迅即消退。歎，醉意朦朧中尚且如此，又如何能夠忍受酒醒之後的悲傷？

　　　　　　此詞語淺意深，清新自然，不故作深沉，幾句白描就將一個癡情女子的形象活脫脫展現在讀者眼前。

　　劉過，字改之，號龍洲道人，吉州太和（今江西泰和縣）人，四次應舉不中，布衣終身。詞風與辛棄疾相近，與劉克莊、劉辰翁享有「辛派三劉」之譽，又與劉仙倫合稱為「廬陵二布衣」。著有《龍洲集》《龍洲詞》《龍洲道人詩集》，現存詞七十餘首。

驀山溪 · 贈衡陽妓陳湘 · 鴛鴦翡翠

黃庭堅

鴛鴦翡翠，小小思珍偶。眉黛斂秋波，盡湖南、山明水秀。娉娉嫋嫋，恰近十三餘，春未透，花枝瘦，正是愁時候。

尋花載酒，肯落誰人後。只恐遠歸來，綠成陰，青梅如豆。心期得處，每自不由人，長亭柳，君知否，千里猶回首？

①鴛鴦翡翠：皆偶禽，雄為鴛、雌為鴦，雄為翡、雌為翠。②娉（ㄆㄧㄥ）娉嫋（ㄋㄧㄠˇ）嫋：音輕盈柔弱。③心期：內心深處的期望。④長亭：古時設於路旁供行人休息的亭子，十里設一長亭，五里設一短亭。

Hillside Creek at Dusk
Farewell to a Songstress
Huang Tingjian

Like lovebirds high or low, here and there,
While young, you think of flying in pair.
Your brows like bright green hills, Your eyes like autumn rills
To the south of the lake.
You swing and sway Just like a teenager awake
On a budding spring day, Or a flower on a branch thin,
To know sorrow you just begin.

Seeking flowers with wine, I would not lag behind when day is fine.
Coming back from afar, I'm afraid,
I'll see mume trees bear fruit and make shade,
My heart's desire cannot be gratified
O willow tree by Long Pavilion's side, Do you not know my heart?
I often turn my head though miles apart.

鴛鴦和翡翠，雖是小小的禽鳥，也知道彼此珍愛，聰慧如她，又怎會不珍惜與他的聚首？她彎彎的眉毛若遠山般明朗，一雙美麗的眼睛仿若斂聚著一汪秋水，溫婉秀媚，盡收湘湖靈氣；體態輕盈嬝娜，看上去也就十三有餘的模樣，像初春的花枝一樣纖瘦，正是情竇初開、多愁善感的年紀。

　　乘著船兒載著美酒去與她約會，從不肯落於人後，只因為害怕從他鄉遠遊歸來之際，她已另屬他人，恰似那小小的青梅樹，一轉身間，早已枝繁葉茂、果實累累。內心深處的期望雖然美好，卻總是不能如願以償，怎不惹人遺憾？長亭相送，依依惜別，楊柳在離人婆娑的淚眼中飄飛，天知道他有多捨不下她，可她知不知道，不管走得有多遠，他都會一直想念著她，千里之外，亦會一步一回首地望向她的方向？

　　　　此詞作於崇寧三年，詞人赴宜州貶所途中，
　　　是為一位名叫陳湘的衡陽妓女而寫，表達了詞
　　　人與陳湘即將分別之際依依不捨的感情。

　　黃庭堅，字魯直，號山谷道人，洪州分寧（今江西九江市修水縣）人，江西詩派開山之祖。與杜甫、陳師道、陳與義素有「一祖三宗」之稱；與張耒、晁補之、秦觀遊學於蘇軾門下，合稱為「蘇門四學士」。生前與蘇軾齊名，世稱「蘇黃」，書法獨樹一格，為「宋四家」之一。著有《山谷詞》存世。

蝶戀花 · 春景 · 花褪殘紅青杏小　　蘇軾

花褪殘紅青杏小。燕子飛時，綠水人家繞。枝上柳綿吹又少。天涯何處無芳草。

牆裡鞦韆牆外道。牆外行人，牆裡佳人笑。笑漸不聞聲漸悄。多情卻被無情惱。

①柳綿：即柳絮。

BUTTERFLIES IN LOVE WITH FLOWERS
Su Shi

Red flowers fade, green apricots appear still small,
When swallows pass
Over blue water that surrounds the garden wall.
Most willow catkins have been blown away, alas!
But there is no place where grows no sweet grass.

Without the wall there is a path, within a swing.
A passer-by
Hears a fair maiden's laughter in the garden ring.
The ringing laughter fades to silence by and by;
For the enchantress the enchanted can only sigh.

花兒褪盡了昨日的芳華，樹梢上已長出小小的青杏。燕子在空中歡快地飛舞，清澈的溪水圍繞著村落人家緩緩地流淌，一派寧和的景象。凝眸，柳枝上的柳絮已被風吹落得越來越少，但千萬不要擔心春光會就此罷休，這人世間哪裡找不到萋萋的芳草？

　　高大的圍牆裡，美麗的閨閣少女正在牆角下快樂地蕩著鞦韆，那悅耳動聽的嬉笑聲，就連沿著牆外小道行走的路人都可以清晰地聽到。也不知道過了多久，不知不覺中，那圍牆裡傳出的笑聲就慢慢遠去了，以至到最後什麼都聽不見了，可行人還呆呆地站在牆外不肯挪步，滿臉都寫著悵惘無奈，彷彿多情的自己被那無情的少女給深深傷害了。

　　　　詞人運用素描速寫的筆觸，借牆裡佳人、牆外行人，一個無情、一個多情的形象，抒發了其遠行途中的失意心境。面對春意闌珊的景色，詞人在惋惜韶光流逝的同時，更寄寓了他宦海沉浮的憂憤之情，也蘊藏了他對自己充滿矛盾的人生的思索。

水龍吟 · 次韻章質夫楊花詞 · 似花還似非花　蘇軾

似花還似非花，也無人惜從教墜。拋家傍路，思量卻是，無情有思。縈損柔腸，困酣嬌眼，欲開還閉。夢隨風萬里，尋郎去處，又還被鶯呼起。

①楊花：即柳絮。②從教：任憑。③柔腸：柳枝細長柔軟，故以柔腸為喻。④嬌眼：美人嬌媚的眼睛，比喻柳葉。古人詩賦中常稱初生的柳葉為柳眼。

WATER DRAGON CHANT
Su Shi

They seem to be but are not flowers;
None pity them when they fall down in showers.
Forsaking leafy home, By the roadside they roam.
I think they're fickle, but they've sorrow deep.
Their grief-o'erladen bowels tender, Like willow branches slender;
Their leaves like wistful eyes near shut with sleep,
About to open, yet soon closed again.
They dream of drifting with the wind for long,
Long miles to find their men, But are aroused by orioles' song.

庭院深深——最美的宋詞英譯新詮

不恨此花飛盡，恨西園，落紅難綴。曉來雨過，遺蹤何在？一池萍碎。春色三分，二分塵土，一分流水。細看來，不是楊花，點點是離人淚。

⑤曉：天剛亮的時刻。⑥一池萍碎：蘇軾自注，「楊花落水為浮萍，驗之信然。」

Grieve not for willow catkins flown away,
But that in western garden fallen petals red
Can't be restored. When dawns the day
And rain is o'er, we cannot find their traces
But in a pond with duckweeds overspread.
Of Spring's three Graces, Two have gone with the roadside dust
And one with waves. But if you just
Take a close look, then you will never
Find willow down but tears of those who part,
Which drop by drop, Fall without stop.

柳絮總愛在天地間飛來飛去，說它是花又不是花，從來都沒人對其心生憐惜，只任憑它在風中飄零墜落。它早已習慣了離枝落地的生涯，彷彿無情，但仔細琢磨，卻又飽含著深情。它被愁思縈繞，柔腸寸斷，那縹緲的身影，恰似春困未消的思婦那一雙嬌媚的星眸，剛想睜開立馬又要閉上。猜，它也想效仿思婦，在夢中隨風行萬里路，去尋找那個始終擱在心裡念念不忘的人，卻不料又總會在半夢半醒間被黃鶯清脆的啼鳴驚起，恍惚中便被風兒吹墮了枝頭。

不恨柳絮飄飛落盡，只恨西園裡滿地的落紅狼藉，恨落花再也無法飛上枝頭，點綴滿目璀璨的春光。更令人懊惱的是，拂曉時分的一場風雨，竟掩去了落絮的所有蹤跡，仔細一瞧，才發現它們早已被吹入池中，化作了一池碎萍。歎，如果把眼前的春光分為三分，其中的兩分都已入了塵土，還有一分則墜入了流水，若隱若現。然，凝眸細看，那水面上飄蕩的柳絮，還是記憶中縹緲的楊花嗎？絲絲縷縷，分明就是離人眼角掛著的一滴滴清淚！

> 蘇詞向以豪邁著稱，但也有婉約之作，此詞即是其一。作於蘇軾被貶黃州時期，其間，好友章質夫所寫詠楊花詞〈水龍吟〉盛傳一時，因依原韻和了一首，並囑「不以示人」。王國維《人間詞話》云：「東坡楊花詞，和韻而似原唱；章質夫詞原唱而似和韻」，給予此作極高評價。

蘇幕遮・碧雲天　范仲淹

碧雲天，黃葉地，秋色連波，波上寒煙翠。山映斜陽天接水，芳草無情，更在斜陽外。

黯鄉魂，追旅思，夜夜除非，好夢留人睡。明月樓高休獨倚，酒入愁腸，化作相思淚。

①更在斜陽外：芳草蔓延之處比斜陽更遙遠。②夜夜除非：即「除非夜夜」的倒裝。按本文意應作「除非夜夜好夢留人睡」。

WATERBAG DANCE
Fan Zhongyan

Clouds veil emerald sky,Leaves strewn in yellow dye.
Waves rise in autumn hue
And blend with mist cold and green in view.
Hills steeped in slanting sunlight, sky and waves seem one;
Unfeeling grass grows sweet beyond the setting sun.

A homesick heart,When far apart,
Lost in thoughts deep,
Night by night but sweet dreams can lull me into sleep.
Don't lean alone on rails when the bright moon appears!
Wine in sad bowels would turn to nostalgic tears.

白雲徜徉在一望無際的藍天上快樂地遊弋，金黃的樹葉隨風飄舞著輕輕鋪滿大地。撩人的秋色一直延綿到瀲灩的波光上，水面上縹緲的寒煙都仿若被染了一層翠色。遠山映照著夕陽，天空連接著江水，卻無奈腳下的芳草從來都猜不透人的心思，只自顧自地蔓延到連夕陽都懶得去的地方。

　　默默思念著遠方的故鄉黯然神傷，無盡的羈旅愁思總是難以排遣，讓人無法成眠，恐怕唯有夜夜美夢入懷才可以睡個踏實覺吧。明月當空，卻不願獨倚高樓，怕又望見家的方向，只好頻頻舉起酒杯將苦酒灌入愁腸，任其一點點、一滴滴，都化作相思的淚水。

　　　他鄉的景致再美，也無法阻擋遊子對故鄉的思念，「碧雲天，黃葉地」，終不過只為滿腹的愁緒增添了一分蕭瑟。元代劇作家王實甫《西廂記》中的名句「碧雲天，黃花地，西風緊，北雁南飛。曉來誰染霜林醉？總是離人淚。」亦由此詞化用而來，並被後世公認為寫景名句，相傳王實甫寫完此句後「思慮殫盡，撲地而死（暈厥）」。

　　范仲淹，字希文，蘇州吳縣（今江蘇蘇州）人。他倡導的「先天下之憂而憂，後天下之樂而樂」思想和仁人志士節操，對後世影響深遠，有《范文正公文集》傳世。

　　庭院深深——最美的宋詞英譯新詮

蝶戀花・檻菊愁煙蘭泣露　晏殊

檻菊愁煙蘭泣露，羅幕輕寒，燕子雙飛去。明月不
諳離恨苦，斜光到曉穿朱戶。

昨夜西風凋碧樹，獨上高樓，望盡天涯路。欲寄彩
箋兼尺素，山長水闊知何處？

①羅幕：絲羅的帷幕，富貴人家所用。②諳（ㄢ）：熟悉。③朱戶：
猶言朱門，指大戶人家。④尺素：書信。

BUTTERFLIES IN LOVE WITH FLOWERS
Yan Shu

Orchids shed tears with doleful asters in mist grey.
How can they stand the cold silk curtains can't allay?
A pair of swallows flies away.
The moon, which knows not parting grief, sheds slanting light,
Through crimson windows all the night.

Last night the western breeze
Blew withered leaves off trees.
I mount the tower high, And strain my longing eye.
I'll send a message to my dear,
But endless ranges and streams separate us far and near.

欄外的菊花仿似籠罩著一層愁慘的煙霧，蘭花滴露恰似在掩面飲泣。羅帳輕垂，室內凝結著微寒的氣息，一雙燕子寂寞著飛去。明月怎能明白離別之苦，直到破曉時分，那斜照的月光還是沒有停止穿入朱閣的腳步。

昨夜秋風疾吹，轉瞬間，綠意蔥蘢的樹木便凋零成了滿目枯槁。獨自登上高樓，望斷那消失在天涯盡頭的道路，想給心上的人兒寄去一封寫滿相思的信箋，叵耐高山連綿、碧水徜徉，更不知道思念的人兒究竟身在何處，所有的念想都只好作罷。

「昨夜西風凋碧樹，獨上高樓，望盡天涯路」，儘管採用了白描的手法，卻最具真情。王國維認為《詩‧蒹葭》最是風雅，而此句與之相比意最貼近，只是一灑落，一悲壯罷了。

晏殊，字同叔，撫州臨川（今江西撫州）人。以詞著於文壇，尤擅小令，風格含蓄婉麗，與其子晏幾道被稱為「大晏」「小晏」，又與歐陽修並稱「晏歐」；亦工詩善文，原有集，已散佚。存世有《珠玉詞》《晏元獻遺文》《類要》殘本。

庭院深深——最美的宋詞英譯新詮

相思令 · 蘋滿溪　張先

蘋滿溪，柳繞堤。相送行人溪水西，回時隴月低。
煙霏霏，風淒淒。重倚朱門聽馬嘶，寒鷗相對飛。

①蘋（ㄆㄧㄣˊ）：蘋草，即田字草，長在淺水中。

SONG OF LONGING
Zhang Xian

Duckweeds float on the brook in view;
The bank flanked with willow trees.
West of the brook I bade my lord adieu;
Back,I see the waning moon freeze.

Veiled in mist grey
And dreary breeze,
Leaning again on the door,I hear the horse neigh,
And see the gulls white two by two in flight.

夜半之際，蘋草滿溪、垂柳繞堤。沿著蜿蜒的溪畔前行，送他直抵溪水之西，才不得不分手而別，滿攜著悵惘，頂著低垂的山月孤身返回。

　　不知道走了多遠的路，才在拂曉時分回到淒清冷寂的家中。觸目所及之處，煙靄霏霏，寒風淒淒，他玉樹臨風的身影早已消散在她眼裡，怎一個心痛了得。背靠著熟悉的朱漆大門，還是無法讓自己紊亂的心緒平靜下來，於是，急不可耐地望向他遠去的方向，想要找尋到他的背影，卻只聽到路邊過往的馬嘶聲，好不悽惶。他走了，這偌大的世界，與她相對相望的，只剩下在霏霏曉煙中飛來飛去的寒鷗，以後的以後，恐怕注定都要與寂寞做伴同行。

　　　　這首詞以景語結情，融情入景，意境淒迷朦朧，在送別詞中別具一格。那滿溪之蘋草、繞堤之柳、低垂之月、霏霏之煙、淒淒之風、寂寒之鷗，彷彿一幅曼妙的山水圖卷被緩緩打開，讓讀者在為主人公的失意欷歔歎息之際，更領略到詞人獨具匠心的藝術魅力。

訴衷情‧花前月下暫相逢　　張先

花前月下暫相逢。苦恨阻從容。何況酒醒夢斷，花謝月朦朧。

花不盡，月無窮。兩心同。此時願作，楊柳千絲，絆惹春風。

①苦恨：甚恨。②絆惹：牽纏。

TELLING INNERMOST FEELING
Zhang Xian

Before flowers, beneath the moon, shortly we met
Only to part with bitter regret.
What's more, I wake from wine and dreams
To find fallen flowers and dim moonbeams.

Flowers will bloom again; The moon will wax and wane.
Would our hearts be the same?
I'd turn the flame, Of my heart, string on string,
Into willow twigs to retain, The breeze of spring.

花前月下的相逢總是短暫匆促，還沒說上幾句知心的話，就又要提防著被別人知道他們的行蹤。恨只恨那些阻撓他們結合的人，說出的理由多似鴻毛，可哪一條真正順從過他們的心意？天不遂人願，只好日復一日地借酒消愁，可酒醒之後，美夢終歸還是要回歸現實，又如何才能與心愛的人兒長相廝守？抬頭，觸目所及的花兒謝了，就連月亮也變得黯然失色，更惹人傷心傷懷。

　　然，花總是開不盡的，月亮也會無休無止地在每個夜晚升起，他們締結同心的願望永永遠遠都不會改變，也不會因為各種阻力而心生絲毫退卻。這個時候，多希望自己就是那楊柳枝上的柳絲啊，因為唯有這樣，才可以一直伴隨著多情的春風與之廝守到老！

　　　　此詞用平淡無華的語言，表達了一對有情人不甘屈服於淫威，想要衝破重重阻力比翼雙飛的願望，堪稱愛情詞中的千古絕唱。

蝶戀花 · 庭院深深深幾許　歐陽修

庭院深深深幾許，楊柳堆煙，簾幕無重數。玉勒雕鞍遊冶處，樓高不見章臺路。

雨橫風狂三月暮，門掩黃昏，無計留春住。淚眼問花花不語，亂紅飛過鞦韆去。

①堆煙：形容楊柳濃密。②玉勒：玉製的馬銜。③遊冶處：指歌樓妓院。④章臺：漢代長安街名。後以章臺為歌妓聚居之地。⑤亂紅：凌亂的落花。

BUTTERFLIES IN LOVE WITH FLOWERS
Ouyang Xiu

Deep, deep the courtyard where he is, so deep
It's veiled by smokelike willows heap on heap,
By curtain on curtain and screen on screen.
Leaving his saddle and bridle, there he has been
Merry-making. From my tower his trace can't be seen.

The third moon now, the wind and rain are raging late;
At dusk I bar the gate,
But I can't bar in spring.
My tearful eyes ask flowers, but they fail to bring
An answer,I see red blooms fly over the swing.

曲徑通幽的庭院深不可測，不知道究竟有幾許深。楊柳依依，堆起片片綠色的煙靄；簾幕重重，遮蓋了華屋下的悲歡離合。丈夫乘坐的豪華馬車總是停歇在貴族公子們尋歡作樂的地方，怎不惹她傷懷無限？登上高樓，想要探尋他冶遊的去處，卻無奈，任憑她費盡周章，也望不見那條通向煙街柳巷的大路。

風狂雨驟的暮春三月，縱是用重重門扉將黃昏時分破敗的景象阻隔在院外，也無法把那漸行漸遠的春光稍稍留駐。含著滿眼淚水默默問著窗外的落花，問它們可知道她滿腹的委屈，落花卻像商量好了似的，從始至終都默無一言，只紛亂地，一點一點地飄飛到鞦韆之外。

　　這首詞亦見於馮延巳的《陽春集》。在詞的發展史上，宋初詞風承自南唐，沒有太大變化，而歐陽修與馮延巳俱官至宰執，政治地位與文化素養相似，因此他們的作品風格大同小異，往往混淆在一起。據李清照〈臨江仙〉詞序云：「歐陽公作〈蝶戀花〉，有『深深深幾許』之句，予酷愛之，用其語作『庭院深深』數闋。」李清照距歐陽修生活的時代未遠，所云當不致有誤。此詞語淺意深，又絕無刻畫之跡，佳句迭出，歷來受到後世文人雅士的推崇。

蘇幕遮・燎沉香　周邦彥

燎沉香，消溽暑。鳥雀呼晴，侵曉窺簷語。葉上初
陽乾宿雨，水面清圓，一一風荷舉。

故鄉遙，何日去？家住吳門，久作長安旅。五月漁
郎相憶否？小楫輕舟，夢入芙蓉浦。

①燎（ㄌㄧㄠˇ）：焚燒。②呼晴：喚晴。舊有鳥鳴可占晴雨之說。③
侵曉：快天亮的時候。④宿雨：前夜下的雨。⑤風荷舉：荷葉迎著
晨風，每一片荷葉都挺出水面。⑥吳門：泛指江南一帶。⑦楫（ㄐㄧˊ）：
行船用的槳。⑧芙蓉浦：有溪澗可通的荷花塘。此指杭州西湖。

WATERBAG DANCE
Zhou Bangyan

I burn an incense sweet, To temper steamy heat.
Birds chirp at dawn beneath the eaves,
Announcing a fine day. The rising sun
Has dried last night's raindrops on the lotus leaves,
Which, clear and round, dot water surface. One by one
The lotus blooms stand up with ease
And swing in morning breeze.

My homeland's far away; When to return and stay?
My kinsfolk live in south by city wall.
Why should I linger long in the capital?
Will not my fishing friends remember me in May?
In a short-oared light boat, it seems,
I'm back' mid lotus blooms in dreams.

酷暑難熬，只好點燃沉香，來消除這悶熱潮濕的暑氣。一宿連綿的夜雨，讓鳥雀們不約而同地啼鳴著呼喚起晴天，拂曉時分，便已偷聽到它們在屋簷下的竊竊私語。初出的陽光慢慢曬乾了雨珠昨夜留在荷葉上的痕跡，水面上的荷花清潤圓正，煞是好看。微風過處，滿塘挺立的荷葉都跟著一團團地舞動起來，更惹人歡喜無限。

不由得又想起遙遠的故鄉，什麼時候才能回到那熟悉的地方？家本住錢塘，卻長久地客居汴京，怎不讓人愁腸百結？轉眼又到了花好月圓的五月，不知道家鄉的親朋故舊此時此刻是否也在想念著我。罷了罷了，家是回不去的思念，就這樣繼續流連在夢中，划一葉小舟，讓自己驀然闖入江南的煙雨荷塘，去尋找往昔的歡聲笑語，也是一分難得的美好。

> 汴京的荷花本與家鄉的荷花沒有二致，但家鄉的荷花更能勾起詞人對往事的回味。詞人緬懷的不僅是家鄉的荷花，還有那些曾和他一起流連在芙蓉浦中嬉戲玩鬧的朋友。

周邦彥，字美成，號清真居士，錢塘（今浙江杭州）人。精通音律，曾創作不少新聲詞調，作品多寫閨情、羈旅。格律謹嚴，語言曲麗精雅，長調尤善鋪敘，在婉約派詞人中被尊為「正宗」。舊時詞論稱其為「詞家之冠」「詞中老杜」，是公認「負一代詞名」的大詞人，在宋代影響甚大。有《清真居士集》，已佚，今存《片玉集》。

浣溪沙・感別・點點疏林欲雪天 劉辰翁

點點疏林欲雪天，竹籬斜閉自清妍。為伊憔悴得人憐。

欲與那人攜素手，粉香和淚落君前。相逢恨恨總無言。

①素手：白皙的手。

SILK-WASHING STREAM
Liu Chenweng

It threatens snow in forests scattered here and there;
Why should the bamboo fence look free from care?
Languid, how can I bear to leave my love so fair?

I want to take her hand so slender.
How can I bear her tearful face so tender!
We meet with broken heart, speechless for soon we'll part.

林子裡，樹上的枝葉幾乎都掉光了，距離下雪的日子越來越近了。竹籬斜斜地關閉著，和周圍萬木凋謝的蕭颯景象比起來，倒透出幾分清新妍麗。離別在即，她怎生捨得？不知道何年何月才能與君聚首，自是悲傷得容光憔悴，而他，也因她這分難捨難分，更對她衍生出無限憐愛。

　　他不想走的，他只想握住她那雙纖纖玉手，從此永不分別。她明白他終歸是要走的，只能任由相思的淚水和著哭花的腮紅，一滴滴，滴落在他眼前。恨只恨，別後重逢又要分手，心裡有千萬句話想說卻說不出來，怎不惆悵難禁？

> 　　離別時分總是最纏綿的，更何況久別重逢後的再度離別？一個是不想走又不得不走，一個是不想放對方走又不能不讓他走，到最後，終是兩顆真心，只換得一分無奈。

　　劉辰翁，字會孟，別號須溪，廬陵灌溪（今江西吉安）人，南宋末期著名愛國詞人。文風取法蘇辛而又自成一體，豪放沉鬱而不求藻飾，真摯動人，力透紙背。作詞數量僅次於辛棄疾、蘇軾。遺著有《須溪先生全集》，《宋史·藝文志》著錄為一百卷，已佚。

一剪梅 · 舟過吳江 · 一片春愁待酒澆

蔣捷

一片春愁待酒澆。江上舟搖，樓上簾招。秋娘渡與泰娘橋，風又飄飄，雨又蕭蕭。

何日歸家洗客袍？銀字笙調，心字香燒。流光容易把人拋，紅了櫻桃，綠了芭蕉。

①簾招：指酒旗。②秋娘、泰娘：唐代著名歌女。

A TWIG OF MUME BLOSSOMS
MY BOAT PASSING BY SOUTHERN RIVER
Jiang Jie

Can boundless grief be drowned in spring wine?
My boat tossed by waves high, Streamers of wineshop fly.
The Farewell Ferry and the Beauty's Bridge would pine:
Wind blows from hour to hour;
Rain falls shower by shower.

When may I go home to wash my old robe outworn,
To play on silver lute, And burn the incense mute?
Oh, time and tide will not wait for a man forlorn:
With cherry red spring dies,
When green banana sighs.

一葉輕舟在吳江上兀自飄搖，放眼望去，岸邊酒樓上的酒旗正迎風飄揚，看來，那滿懷的春愁只能用滿壺的美酒來消除了。船兒緩緩經過秋娘渡，又慢慢穿過泰娘橋，流落在外的人卻無心欣賞這些名勝古跡。冷不防，又與迅疾的江風和瀟瀟的落雨撞了個滿懷，更是令人懊惱。

什麼時候才能回到家中浣洗羈旅途中的衣袍，和家人一起調弄鑲有銀字的笙，重新點燃熏爐裡心字形的盤香？時光總是容易流逝，使人來不及追趕歲月的變遷，看，櫻桃才剛剛紅透，芭蕉又綠了，怎一個惆悵了得！

走過千山萬水，看慣天涯海角的春花秋月，還是不如守在家裡和家人一起調笙燃香來得溫馨浪漫。此詞作於南宋消亡之初，詞人在流浪途中舟行流經吳江縣的吳淞江時。國破山河碎，從表面上看，全詞表達了詞人的思鄉之情，其實字裡行間卻掩藏了對故國的緬懷，國已亡，家又在哪裡，一切的一切，恐怕都回不去了。

蔣捷，字勝欲，號竹山，陽羨（今江蘇宜興）人。與周密、王沂孫、張炎並稱「宋末四大家」，其詞多抒發故國之思、山河之慟，尤以造語奇巧之作，在宋代詞壇上獨樹一幟。南宋覆滅後，深懷亡國之痛，隱居不仕，有《竹山詞》存世。

望江南・江南月　王琪

江南月，清夜滿西樓。雲落開時冰吐鑒，浪花深處玉沉鉤。圓缺幾時休。

星漢迴，風露入新秋。丹桂不知搖落恨，素娥應信別離愁。天上共悠悠。

①鑒（ㄐㄧㄢˋ）：鏡子。此處指月圓。②迴（ㄐㄩㄥˊ）：遠。③丹桂：深黃色的木樨花（桂花）。④素娥：嫦娥。

WATCHING THE SOUTHERN SHORE
Wang Qi

The Southern moon bright
Fills the western tower on a clear night.
The clouds throw out a mirror of ice;
Deep in the waves sinks a hook of jade so nice.
When will it wax and wane no more?

The River of Stars has no shore;
The breeze and dew bring an autumn new.
The laurel tree knows not the grief of fallen leaves;
The Moon Goddess should believe parting grieves.
She shares human woe as of yore.

溫婉的江南月色，總是在清寂的夜晚灑落西樓。月圓時，雲開霧散，月亮好似一面明鏡高懸在天上；月缺時，浪花翻滾，月亮的倒影宛如一隻玉鉤沉在江中。年復一年，日復一日，月亮圓了又缺，缺了又圓，循環往復，何時才可以停歇？

斗轉星移，銀河迢迢，不知不覺中，一個風輕露凝的新秋又不期然地映入眼簾。歎，月中丹桂四時不謝，不會因為秋天的到來而凋落，也體會不到離恨之苦，但那獨居廣寒宮中的嫦娥肯定感受到了離別的痛苦與憂愁。世事無常，圓缺聚散總無窮，無論是天上嫦娥，還是世間離人，誰不曾因為離別黯然神傷？

> 月亮圓了又缺，缺了又圓，正如人世的聚散離合，總是循環往復，又有誰能逃得過這既定的規律？天上人間，何處不遺憾？或許唯有遺憾才是人生最真實的況味。

王琪，字君玉，華陽（今四川成都）人。曾增訂刊刻王洙之《杜工部集》於蘇州，並撰寫《後記》，在序中對杜甫的「博聞稽古」加以肯定。《杜工部集》一次印一萬部，「每部為直千錢，士人爭買之，富室或買十許部」。有《謫仙長短句》，已佚，是著名的豪放派詞人。

生查子・藥名閨情・相思意已深　　陳亞

相思意已深，白紙書難足。字字苦參商，故要檀郎讀。

分明記得約當歸，遠至櫻桃熟。何事菊花時，猶未回鄉曲？

①相思：相思子，雞母珠的別名。古人多用來象徵相思或愛情。②意已：諧中藥名「薏苡」。③白紙：指信箋。諧中藥名「白芷」。④苦參商：謂夫妻別離，苦如參商二星不能相見。參星在西，商星在東，此出彼沒。苦參，亦為中藥名。⑤檀郎讀：檀郎，代稱夫婿或所愛男子。郎讀，諧中藥名「狼毒」。⑥當歸：應該回家。亦中藥名。⑦遠至：最遲到，最遲於。諧中藥名「遠志」。⑧櫻桃熟：指初夏。⑨菊花時：指深秋。⑩回鄉曲：回家的信息。諧中藥名「茴香」。

Mountain Hawthorn
Chen Ya

I am so deep in love,
Paper's not long enough.
I'm grieved from you to part.
Why don't you know my heart?

You've promised to come back
Before ripen cherries black.
Chrysanthemums now bloom.
Why are you not in our room?

自與夫君離別以來，思念之情日漸加深，這短短的信箋，已無法寫盡我想要傾訴的情思。信中的每一個字，都滿漾著我的相思苦，懇請夫君仔細捧讀，體諒我這分沉甸甸的惦念。

我清楚地記得當初的約定，你說最遲也會在櫻桃成熟的季節歸來。可我日日盼、夜夜念，一晃眼就到了深秋，院裡的菊花都次第開了，為什麼還沒接到你要回來的音訊呢？

此詞立意新奇，巧妙地運用一連串的中草藥名，以思婦的口吻，透過淺顯易懂的語言，表達了閨中人對客居在外的夫君滿腔深摯濃厚的感情。

陳亞，字亞之，維揚（今江蘇揚州）人。好以藥名為詩詞，有藥名詩百首，其中佳句如「風月前湖夜，軒窗半夏涼」，頗為人所稱道，藥名詞如〈生查子〉，稱道者亦多。喜藏書畫，藏書達數千卷，以精善本居多，名畫則有一千餘幅。著有《澄原集》《陳亞之文集》，已佚。

長相思·吳山青　林逋

吳山青，越山青。兩岸青山相送迎，誰知離別情？
君淚盈，妾淚盈。羅帶同心結未成，江頭潮已平。

THE EVERLASTING LONGING
Lin Bu

Northern hills green,
Southern hills green,
The green hills greet your ship sailing between.
Who knows my parting sorrow keen?

Tears from your eyes,
Tears from my eyes,
Could silken girdle strengthen our heart-to-heart ties?
O see the river rise?

吳山青翠，越山清秀。它們隔江相望，日復一日地俯視著穿行在它們之間的舟船，彷彿在迎送往來的過客，可它們又哪裡懂得人間那許多的離情別緒？

江邊，郎君的眼裡噙滿淚水，女子的淚珠早已奪眶而出，此一別，何年何月才能聚首？他們無法洞悉明天，只想把握這短暫的話別之期，未曾料那錢塘江水卻是無情之物，不等他們打好同心結、說妥重逢之期，偏生將潮水悄悄漲至與江岸平齊，愣是催著行舟早早出發，就連再說一句話的機會也不留給他們。

> 此詞運用自《詩經》以來民歌中常見的複沓形式，以回環往復、一唱三歎的節奏，和清新流麗的語言，抒寫了一對有情人在江邊分別的無奈與惆悵。

林逋（ㄅㄨ），字君復，後世稱和靖先生，奉化大里（今浙江寧波）人，北宋著名隱逸詩人。性孤高自好，喜恬淡，曾漫遊江淮間，後隱居杭州西湖，結廬孤山，終生不仕不娶，唯喜植梅養鶴，自謂「以梅為妻，以鶴為子」，人稱「梅妻鶴子」。

長相思．花深深　　陳東甫

花深深，柳陰陰。度柳穿花覓信音，君心負妾心。

怨鳴琴，恨孤衾。鈿誓釵盟何處尋，當初誰料今。

①衾（くーㄣ）：被子。②鈿（ㄉ一ㄢˋ）：用金銀珠寶鑲製成的花形飾物。

EVERLASTING LONGING
Chen Dongfu

Flowers in bloom
And willows loom
I pass through them to seek your letter fine,
But your heart belies mine.

My lute is dead,
Lonely my bed.
Where is the vow by my headdress and pin you've made?
Now the bygone days fade.

花深柳密，美麗的少婦邁著慵懶的步履默然穿行其間。她癡癡地徘徊著，怔怔地尋覓著，是在捕捉一個失落的瑰夢，還是在追尋一個縹緲的幻影？其實她只是期盼收到他從遠方捎來的音信，然，山高水長，狠心的他一個字都不曾寄來，想必終是辜負了她這一顆真心。

獨守空閨的她，久久撫弄著相思的琴弦，怎知琴聲悽楚，反添了許多煩悶，只好丟下古琴，企圖在睡夢中找到片刻的安寧。然而孤衾難眠，她輾轉反側，當初與他情好繾綣的情景又歷歷浮現在眼前，更令她欷歔傷懷。她髮間的鈿和釵還是他當年送她的信物，「但教心似金鈿堅」的盟誓還清晰地響徹在耳畔，可那會兒誰又能料到今天這樣的結局？

> 思念愈深，失望愈深。字裡行間道盡女子的失落與不甘心，那些悔不當初的意緒千迴百轉，眼前的景致再美，心裡起伏的波瀾亦難平息。

> 陳東甫，生平不詳，吳興（今浙江湖州）人。曾與譚宣子、樂雷發交友贈答，見《陽春白雪》卷六譚宣子〈摸魚兒〉題序及樂雷發《雪磯叢稿》。存詞三首。

山花子・此處情懷欲問天　劉辰翁

此處情懷欲問天，相期相就復何年。行過章江三十
里，淚依然。

早宿半程芳草路，猶寒欲雨暮春天。小小桃花三兩
處，得人憐。

①相期相就：相約聚會。此指男女之間的幽期歡會。期，邀約。就，
接近。②暮春：春末。③小小桃花：指凋殘的桃花。小小，極小，
此處有親暱之意。④得人憐：惹人喜愛。

SONG OF MOUNTAIN FLOWERS
Liu Chenweng

Ask Heaven what I feel while parting here.
When may we meet again? Oh, in which year?
Thirty miles after the river disappears,
Still I'm in tears.

I take early rest by the grassy lane;
Still cold in late spring, I fear it will rain.
Two or three small flowers on the peach tree
Win my sympathy.

此時此地的心情，怎麼也無法說清，恐怕只能去問老天了。期待著再次聚首，卻又不知道要等到猴年馬月，好不傷懷。舟船已經行過三十里的水程，早就把他們話別時的章江拋諸腦後了，可離別的淚水卻依然在眼裡不停地打轉。

即使天還沒黑，也該儘早投宿了，因為明天還有一半的路程要趕。在這樣一個天氣尚寒、隨時都會下雨的暮春季節裡，因為這惱人的離情別緒，一路上，也只有三兩處偶爾可見的桃花讓人覺得甚是可愛，除此之外，彷彿什麼都沾染著憂傷與惆悵。

這首詞大約作於景定三年詞人金榜題名前。為追求功名，劉辰翁不得不離開家鄉，與戀人分別，此詞即為詞人離家乘船遠行，在舟中所見有感而作，字字句句，都抒發了他對戀人的思念之情。

青玉案·凌波不過橫塘路　賀鑄

凌波不過橫塘路，但目送、芳塵去。錦瑟華年誰與
度？月橋花院，瑣窗朱戶，只有春知處。

飛雲冉冉蘅皋暮，彩筆新題斷腸句。若問閒情都幾
許？一川煙草，滿城風絮，梅子黃時雨。

①凌波：形容女性步履飄逸輕盈。②芳塵去：指美人已去。③錦瑟
華年：比喻美好的青春時代。④瑣窗：刻有環形連瑣花紋的窗戶。
⑤冉冉：緩緩行進。⑥蘅皋（ㄏㄥˊ ㄍㄠ）：長著香草的水邊。蘅，植物
名，杜蘅。⑦都幾許：有多少。⑧一川：遍地。

GREEN JADE CUP
He Zhu

Never again will she tread on the lakeside lane.
I follow with my eyes
The fragrant dusts that rise.
With whom is she now spending her delightful hours,
Playing on zither string,
On a crescent-shaped bridge, in a yard full of flowers,
Or in a vermeil bower only known to spring?

At dusk the floating cloud leaves the grass-fragrant plain;
With blooming brush I write heart-broken verse again.
If you ask me how deep and wide I am lovesick,
Just see a misty plain where grass grows thick,
A townful of willow down wafting on the breeze,
Or drizzling rain yellowing all mume-trees!

美人輕移蓮步，從橫塘前緩緩走過，卻沒有經過他的門前，他只能歎息著目送她像芳塵一樣飄去。正是青春韶華的年紀，誰能有幸與她一起歡度這錦繡年華？這般的花容月貌，想必她的住處一定有著月亮似的小拱橋、花木環繞的庭院，還有著朱紅色的大門、雕繪著環形花紋的窗扉。然，那麼美好的所在到底在哪裡？恐怕也只有無所不知的春天才會知道。

飄飛的雲彩在天際間舒卷自如，長滿杜衡的小洲在暮色中若隱若現。佳人一去不復返，他等啊等啊，等到日落黃昏還是沒等到她返回的身影，只能揮起彩筆寫下一行行傷感的詩句。要問他的憂傷究竟有多深，就像那滿目遍染煙光的青草，滿城飄飛的柳絮，梅子成熟時的霏霏細雨，無邊無際，無窮無盡。

> 此詞為賀鑄晚年退隱蘇州期間的作品。龔明之《中吳紀聞》卷三載：「（賀鑄）有小築在盤門之南十餘里，地名橫塘，方回往來其間，嘗作〈青玉案〉詞。」透過描摹路遇佳人而不知所往的悵惘情景，含蓄地流露出詞人長期沉淪下僚、懷才不遇的感慨；而那些因思慕引起的無限愁思，則表現了他幽居寂寞、積鬱難抒的情緒。

賀鑄，字方回，自號慶湖遺老，祖籍山陰（今浙江紹興）。出身貴族世家，宋太祖賀皇后族孫，所娶亦宗室之女。能詩文，尤擅詞，其詞內容風格豐富多樣，精於錘鍊語言並善融化前人成句，兼有豪放、婉約二派之長。

留春令 · 詠梅花 · 故人溪上　史達祖

故人溪上，掛愁無奈，煙梢月樹。一涓春水點黃昏，
便沒頓、相思處。

曾把芳心深相許。故夢勞詩苦。聞說東風亦多情，
被竹外、香留住。

①沒頓：比喻極短的時間。

Retaining Spring To Mume Flowers
Shi Dazu

Strolling along your streams,
What can I do but hang my grief and dream
On moonlit mist-veiled tree?
The vernal water threads through the twilight.
Of longing for you can I be free?

You have confided your love to me,
So I've lost labor in dreaming of verse bright.
It is said spring's as sentimental as you,
Retained by fragrance beyond the bamboo.

流連在曾和故人一起結伴遊覽的溪畔，但見縹緲的煙霧籠罩著月光映照下的梅樹，怎麼也看不清枝頭上那一朵朵梅花的冰姿雪容，頓時，滿腔的愁緒與無奈都爬到了臉上。凝眸，暮色已濃，明月倒映在一池春水上，把溪上昏暗的角落都照得格外通透，一切都彷彿無從隱匿，就連滿懷的相思也都沒了可以安頓的地方。

曾經兩情相悅，彼此芳心深相許，卻無奈美好的時光一去不返，當初的你儂我儂都隨風飄散，這滿腹的柔腸怎麼也敵不過往事難追。思緒紛亂，一切的一切，終不過只換得一次又一次的夢中相會，而滿心的悲苦也都落在了那一句句千迴百轉的詩中。相思無計可訴，這刻骨的思念，或許唯有東風才能為他捎到念慕之人的窗口，卻無奈，那多情的風兒早就因為迷戀竹林外那片幽香沁人的梅花而停下了前進的步伐，再也不能充當他的使者。

> 此詞以情觀花，怨恨、痛苦、失望、悲傷的感情紛湧而出，看似寫花，內裡卻包含了詞人沉痛的家國情懷。

史達祖，字邦卿，號梅溪，汴（今河南開封）人，南宋時期重要的婉約派詞人。擅詠物，其中不乏身世之感，風格工巧，推動宋詞格式走向基本定型。有《梅溪詞》傳世。

蝶戀花 · 佇倚危樓風細細　柳永

佇倚危樓風細細，望極春愁，黯黯生天際。草色煙光殘照裡，無言誰會憑闌意？

擬把疏狂圖一醉，對酒當歌，強樂還無味。衣帶漸寬終不悔，為伊消得人憔悴。

①佇（ㄓㄨˋ）：久立。②危樓：高樓。③黯黯（ㄢˋ）：心情沮喪憂愁。④煙光：飄忽繚繞的雲靄霧氣。⑤會：理解。⑥強樂（ㄑㄧㄤˇㄌㄜˋ）：勉強歡笑。⑦消得：值得，能忍受得了。

BUTTERFLIES IN LOVE WITH FLOWERS
Liu Yong

I lean alone on balcony in light, light breeze;
As far as the eye sees,
On the horizon dark parting grief grows unseen.
In fading sunlight rises smoke over grass green.
Who understands why mutely on the rails I lean?

I'd drown in wine my parting grief;
Chanting before the cup, strained mirth brings no relief.
I find my gown too large, but I will not regret;
It's worth while growing languid for my coquette.

久久倚靠在高樓的欄杆上，絲絲縷縷的微風拂面而來。極目遠眺，那些望不盡的令人黯然魂銷的春愁，兀自從遙遠的天邊嬝嬝升起。芳草萋萋，煙靄繚繞，四周的景色在夕陽的餘暉下閃爍著一派迷濛縹緲的光色，可我卻無心欣賞這一切，也沒人能理解我默無一言地倚靠在欄杆上登高望遠的愁苦心緒。

打算借酒把自己灌醉，以排遣心中的悲愁，哪怕形跡放蕩不羈，也在所不惜。叵耐舉杯放歌、強顏歡笑之際，卻反而覺得意興闌珊。心裡總是放不下她，因為思念，我日漸消瘦下去，衣服也變得越來越寬鬆，卻始終未曾有過懊悔，天知道，即便為她消瘦得神色憔悴，我也心甘情願。

「衣帶漸寬終不悔，為伊消得人憔悴」，歷來被後世公認為柳詞中的千古名句。乍看上去此句並無任何標新立異之處，但細細品讀，平實之處卻寫盡了滿腹深情。

柳永，原名三變，字景莊，後改字耆卿，因在家族兄弟中排行第七，時人又稱之柳七，福建崇安（今福建武夷山）人，是有宋一代最具盛名的詞者大家。

雨霖鈴·寒蟬淒切　柳永

寒蟬淒切，對長亭晚，驟雨初歇。都門帳飲無緒，
留戀處，蘭舟催發。執手相看淚眼，竟無語凝噎。
念去去，千里煙波，暮靄沉沉楚天闊。

①淒切：淒涼急促。②都門：國都之門。此指北宋的首都汴京（今
河南開封）。③帳飲：在郊外設帳餞行。④無緒：沒有心情。⑤凝
噎（一ㄝ）：喉嚨哽塞，欲語不出的樣子。⑥去去：重複「去」字，表
示行程遙遠。⑦楚天：指南方楚地的天空。

BELLS RINGING IN THE RAIN
Liu Yong

Cicadas chill
Drearily shrill.
We stand face to face in an evening hour
Before the pavilion, after a sudden shower.
Can we care for drinking before we part?
At the city gate
We are lingering late,
But the boat is waiting for me to depart.
Hand in hand we gaze at each other's tearful eyes
And burst into sobs with words congealed on our lips.
I'll go my way,
Far, far away.
On miles and miles of misty waves where sail ships,
And evening clouds hang low in boundless Southern skies.

雨霖鈴 · 寒蟬淒切

多情自古傷離別，更那堪，冷落清秋節！今宵酒醒何處？楊柳岸，曉風殘月。此去經年，應是良辰好景虛設。便縱有千種風情，更與何人説？

⑧曉風：清晨的微風。⑨經年：年復一年。

Lovers would grieve at parting as of old.
How could I stand this clear autumn day so cold!
Where shall I be found at daybreak
From wine awake?
Moored by a riverbank planted with willow trees
Beneath the waning moon and in the morning breeze.
I'll be gone for a year.
In vain would good times and fine scenes appear.
However gallant I am on my part,
To whom can I lay bare my heart?

傍晚時分，驟雨剛停，面對置身其間的長亭，卻聽到一聲聲淒婉急促的蟬鳴。她為他在汴京城外設帳餞行，他卻沒有絲毫暢飲的心緒，難捨難分之際，更被舟人一遍遍催著出發，好不惆悵。無奈地握著彼此的手，含著熱淚珍重相望，卻因為悲傷，哽咽得說不出一句話來。想到這一去路途遙遠，自此後，恐怕只能隔著千里渺茫的煙波，在遙遠的南方，於雲霧繚繞的傍晚望著深闊不知盡頭的天空，一遍遍思念著遠方的故人，心便莫名地疼痛起來。

自古以來，多情的人總為離別傷感，更何況在這冷清而又悽楚的秋天！馬上就要離開知心的人兒，誰能知道孤身一人的他，今夜酒醒時分又會身在何處？怕是只能看著楊柳低垂的堤岸，孤孤單單地面對淒厲的晨風和拂曉的殘月，一聲聲歎息著在船上熬過這漫漫長夜。這一去，不知何年何月才能相逢，料想以後的以後，即便遇到好天氣、好風光，少了她的陪伴，所有的美景也都形同虛設。唉，最是可惜了這滿腹的詩情畫意，從此後，又該歡喜著向誰訴說？

> 柳永此作，堪稱描寫離情的千古名篇，也是柳詞和婉約詞的代表作。這首詞影響深遠，金元雜劇、散曲多引用詞中句子或運用其語意，其中董解元《西廂記諸宮調》「長亭送別」一段，寫張生、崔鶯鶯在清秋季節裡分別，以及張生與鶯鶯別後酒醒夢回時的淒涼情景，藝術構思上都可以找到它的影子。

「奉旨填詞」的白衣卿相：柳永

柳永出身世宦人家，從小就立志求取功名，在仕途上大展拳腳，叵耐一生共參加過五次科舉，前四次都以落榜告終，直到第五次，才在宋仁宗的推恩政策下僥倖登榜，但其時他早已是老大年紀，青春不再。總是遊走在希望與失望之間，歷盡風雨的他，一路跌跌撞撞地走來，心裡滿裹著惆悵與悲傷，他不明白，為什麼上天給了他學富五車的才華，卻不能讓他走上一條通達的仕宦之路，難道命運真的注定他只能終日遊走在市井街巷，做一個「奉旨填詞」的「白衣卿相」嗎？

年紀輕輕，在杭州，他就以一闋〈望海潮〉詞名震東南，那「三秋桂子，十里荷花」的綺詞麗句更是廣為傳誦，試問其時，江南江北，誰人不知道他青年才俊柳三變？祖父和父親都在朝廷做官，自己又學得滿腹經綸，這一切都讓年輕氣盛的他頗為自得，並堅信只要他參加科考，以他的學識和才華，「定然魁甲登高第」。雖然對科考志在必得，但他也不想過早地把自己的一生託付給朝廷，年輕人嘛，都喜歡玩，他自然也不例外，所以並不急著去汴京參加科考，自離開杭州後，便又四處遊歷，先後流連在蘇州和揚州各處的秦樓楚館，終日裡倚紅偎翠，快活得忘乎所以。

其實，他終其一生都不是一個濫情的人，他只是不喜歡寂寞的生活，和那些出身低微的煙花女子在一起，他感受到了不一樣的溫暖和自己存在的意義。她們是那麼的需要他，只要他守在她們身邊，哪怕什麼也不做，她們也感到心滿意足，只要他坐在案邊給她們填詞，她們的臉上便迅即綻開幸福而又純真的笑靨。除了陪伴，她們什麼也不要，既不需要他的財物，也不需要他的承諾，這樣善解人意的女子，他又如何捨得離開她們？因為她們，他蹉跎了

庭院深深──最美的宋詞英譯新詮

科考，但他並不後悔，自己還年輕，科考再晚個幾年參加也無妨，但要是錯過了她們，就是真的錯過了，他可不敢拿流逝的光陰去跟這些美豔女子易逝的青春作賭。

終於，他還是在她們的勸說下，依依不捨地踏上了北去的路途。然而，躊躇滿志的他怎麼也沒想到，科考的第一役便出師不利，才高八斗的他居然意外落榜了。那一屆科舉，宋真宗特別下詔，「屬辭浮靡」者皆受到嚴厲譴責，他的文章寫得繁華奢麗，自然入不了皇帝的法眼，落第倒也在情理之中。可他不甘心，明明自己才華橫溢，為什麼就要被「屬辭浮靡」四個字斷送了前程？憤慨之下，他寫下了〈鶴沖天‧黃金榜上〉，用「忍把浮名，換了淺斟低唱」的歎息，發洩了對科舉的牢騷與不滿，然而，此時此刻的他，對中舉出仕並未完全絕望，仍寄期望於下一屆科考。可讓他始料不及的是，儘管他才識一流，但終因一闋充滿怨望的〈鶴沖天〉，惹得皇帝對他非常不滿，第二次科考仍舊不中，宋真宗還特別在他的試卷上加了御批「且去填詞」四個大字。

科舉失利，他索性浪跡於京師的勾欄酒館，自號「奉旨填詞柳三變」，頻繁地與歌伎交往，教坊樂工每得新腔，必高價求其填詞，儘管未能進入仕途，聲名卻日益遠播。他終日裡眠花宿柳，為那些心儀的女子創作了無數慢詞，就連他自己都沒意識到，他一時的無心之舉，竟從根本上改變了唐五代以來詞壇上小令一統天下的格局，終使慢詞與小令兩種體式平分秋色，齊頭並進。他的放浪，他的不羈，還使他成為兩宋詞壇創用詞調最多的詞人，據統計，在八百八十多個宋詞詞調中，屬他首創或首次使用的就多達一百有餘。

有心栽花花不開，無心插柳柳成蔭。詞至柳永，體制始備，令、引、近、慢、單調、雙調、三疊、四疊等長調短令，日益豐富，才氣縱橫的他亦成為當之無愧、名副其實的詞者大家，並為宋詞的發展和後繼者們在內容的開拓上提供了豐富的營養。可即便名揚四海，他心裡仍是不快樂的，自始至終，讓他耿耿於懷的還是科舉仕途。四十歲那年，他第四次參加科考，最後依然名落孫山，這一回他徹底灰心失望，遂決意南下，一路遊歷，去過江蘇、浙江，然後又北歸汴京，繼續前往西北，又由陝入川，再下湖北，一路上，寫下大量充滿愁緒的羈旅懷人之作，聲名日隆。葉夢得曾云：「余仕丹徒，嘗見一西夏歸朝官云：『凡有井水處，即能歌柳詞。』」由此可見其詞的流傳之廣和他的影響之大。

3

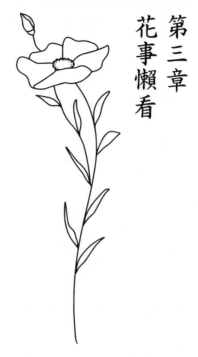

第三章
花事懶看

A LANGUID LOOK
EVEN THE FLOWERS ARE
TOO LAZY TO SEE

醉花陰・薄霧濃雲愁永晝　　李清照

薄霧濃雲愁永晝，瑞腦消金獸。佳節又重陽，玉枕
紗廚，半夜涼初透。

東籬把酒黃昏後，有暗香盈袖。莫道不銷魂，簾卷
西風，人比黃花瘦。

①瑞腦：冰片的別名，一種以龍腦香的樹膠製成的藥。②金獸：獸
形的銅香爐。③紗廚：即防蚊蠅的方頂紗帳。④東籬：泛指採菊之地。
⑤銷魂：形容極度憂愁、悲傷。

TIPSY IN THE FLOWERS' SHADE
Li Qingzhao

Veiled in thin mist and thick cloud, how sad the long day!
Incense from golden censer melts away.
The Double Ninth comes again; Alone I still remain
In silken bed curtain, on pillow smooth like jade.
Feeling the midnight chill invade.

At dusk I drink before chrysanthemums in bloom,
My sleeves filled with fragrance and gloom.Say not my soul
Is not consumed. Should the west wind uproll
The curtain of my bower,
You'll see a face thinner than yellow flower.

薄霧彌漫，雲層濃密，龍腦香燃燒後的青煙在金獸香爐中兀自繚繞升騰，這樣的日子，從早到晚，除了鬱悶就是愁煩，沒勁透了。轉眼間便又到了重陽佳節，天氣驟涼，一個人孤孤單單地枕著玉枕躺在紗帳中，冷不防到了半夜，就被刻骨的涼氣一股腦兒地將全身浸透，只教人心緒難平。

夫君不在，她一個人在家呆坐了一天，才在黃昏後獨自跑到東籬邊，和著滿滿的思念，獨自飲下一杯又一杯的苦酒。想他的時候，淡淡的菊香溢滿雙袖，本是團圓佳期，她卻只能孤身徘徊，此情此景，又教她如何不傷懷？晚來風急，瑟瑟的西風倏忽間吹開簾幕，一股逼人的寒意迅速穿過菊花向她侵襲而來，驀然回首，才發現簾內的自己竟然比那黃花還要消瘦，剎那間，那愁緒便又添了一重。

　　這首詞是詞人婚後所作，抒發了重陽佳節思念丈夫趙明誠的心緒。傳說李清照將此詞寄給趙明誠後，惹得趙明誠比試之心大起，遂三夜未眠，作詞數闋，然終未勝過李清照這首〈醉花陰〉。

　　李清照，號易安居士，齊州濟南人，雖為閨閣中人，卻以錦繡詞章屹立於兩宋詞林，歷千年而不衰，被後人稱為「千古第一才女」。

聲聲慢 · 尋尋覓覓　李清照

尋尋覓覓，冷冷清清，淒淒慘慘戚戚。乍暖還寒時候，最難將息。三杯兩盞淡酒，怎敵他、晚來風急？雁過也，正傷心，卻是舊時相識。

滿地黃花堆積。憔悴損，如今有誰堪摘？守著窗兒，獨自怎生得黑？梧桐更兼細雨，到黃昏、點點滴滴。這次第，怎一個愁字了得！

①將息：休養調理之意。②損：表示程度極高。③怎生：怎樣的。生：語助詞。④梧桐更兼細雨：暗用白居易〈長恨歌〉「秋雨梧桐葉落時」詩意。⑤這次第：這光景、這情形。

SLOW, SLOW TUNE
Li Qingzhao

I look for what I miss; I know not what it is.

I feel so sad, so drear, So lonely, without cheer.

How hard is it, To keep me fit, In this lingering cold!

Hardly warmed up, By cup on cup, Of wine so dry,

O how could I, Endure at dusk the drift, Of wind so swift?

It breaks my heart, alas! To see the wild geese pass,

For they are my acquaintances of old.

The ground is covered with yellow flowers,

Faded and fallen in showers. Who will pick them up now?

Sitting alone at the window, how Could I but quicken

The pace of darkness that won't thicken?

On plane's broad leaves a fine rain drizzles

As twilight grizzles. O what can I do with a grief, Beyond belief?

苦苦地尋覓，放眼望去，偌大的世界，幾乎沒一個地方不沾染著清冷的氣息，怎不讓人頓生淒慘悲戚之感？乍暖還寒的時節，身體最難調養，守著空屋喝下三杯兩盞味道寡淡的酒，又怎生抵得住這急襲而來的晚風？抬頭，看窗外一行大雁從眼前翩然飛過，更添了傷心意緒，因為她知道，那些大雁都是舊日的相識，春天的時候牠們也曾從她的窗口飛過，可他又在哪裡，為什麼還沒聽到他歸來的腳步聲？

　　菊花的落英堆滿了一整個園子，都已經憔悴枯萎，令人不忍直視，而今還會有誰再來把它們採摘？他不在的日子裡，她總是孤身一人守著窗子悵坐，又有誰知道這日復一日的等待裡她是如何從拂曉熬到天黑的？聽，梧桐葉上細雨淋漓，直到黃昏時分，還一直在滴答個不休，這般情景，又怎能用一個「愁」字了結！

　　　　此詞乃詞人後期作品，作於南渡以後，多數學者認為是作者晚年時期的作品，也有人認為是作者中年時期所作。靖康之變後，北宋滅亡，趙明誠因病去世，李清照追隨流亡中的朝廷由建康（今南京）到浙東，一路飽嘗流離之苦。亡國之恨，喪夫之痛，孀居之苦，一一凝聚心頭，無法排遣，這時期詞人的作品再也沒了之前清新可人的風格，轉而為沉鬱淒婉，這闋《聲聲慢》就是其中一首。

江城子 · 西城楊柳弄春柔　秦觀

西城楊柳弄春柔。動離憂，淚難收。猶記多情、曾為繫歸舟。碧野朱橋當日事，人不見，水空流。
韶華不為少年留。恨悠悠，幾時休？飛絮落花時候、一登樓。便做春江都是淚，流不盡，許多愁。

①弄春：謂在春日弄姿。②離憂：離人的憂傷。③韶華：美好的時光。常指春光。④春江：春天的江。

RIVERSIDE TOWN
Qin Guan

West of the town the willows sway in the winds of spring.
Thinking of our parting would bring
To my eyes ever-flowing tears.
I still remember to the sympathetic tree
Her hand tied my returning boat for me
By the red bridge in the green field on that day.
But now she no longer appears, Though water still flows away.

The youthful days once gone will never come again;
My grief is endless. When, Will it come to an end then?
While willow catkins and falling flowers fly,
I mount the tower high.
Even if my tears turn into a stream in May,
Could it carry away, My grief growing each day?

西城水邊驛站的楊柳正逗弄著春天的柔媚，此情此景，
驀地又讓我想起離別時的憂傷，淚水止不住地掉落。還記
得那年，我們越過碧綠的原野，踏過紅色的板橋，在你拴
著歸舟的碼頭，依依不捨地話別。而今，你早已遠去了我
的世界，唯有流水在寂寞中獨自流淌。

　　美好的光陰不曾停留在青春年少的歲月，這滿腔的離情
別恨，何時才是個盡頭？柳絮飄飛，落花遍灑，我又滿攜
著愁緒登上高樓，只盼能夠遠遠地看上你一眼。歎只歎，
即便眼前的江水都化作了淚水，也流不盡這盤旋在我心頭
的萬千惆悵啊！

　　　　此詞抒寫別恨，是秦觀早期的作品。根據詞
　　　意，詞人所懷之人應是與他情意相篤的戀人，
　　　末尾三句，體現了相思之深沉、情感之熾烈。

踏莎行・郴州旅舍・霧失樓臺　秦觀

霧失樓臺，月迷津渡，桃源望斷無尋處。可堪孤館
閉春寒，杜鵑聲裡斜陽暮。

驛寄梅花，魚傳尺素，砌成此恨無重數。郴江幸自
繞郴山，為誰流下瀟湘去？

①桃源望斷無尋處：拚命尋找也看不見理想的桃花源。②可堪：怎
堪。③杜鵑：鳥名，相傳其鳴聲像人言「不如歸去」，容易勾起人的
思鄉之情。④驛寄梅花：陸凱在〈贈范曄詩〉：「折梅逢驛使，寄與
隴頭人。江南無所有，聊寄一枝春。」這裡作者是將自己比作范曄，
表示收到了來自遠方的問候。⑤魚傳尺素：東漢蔡邕的〈飲馬長城
窟行〉中有「客從遠方來，遺我雙鯉魚。呼兒烹鯉魚，中有尺素書。」
另外，古時舟車勞頓，信件容易損壞，古人便將信件放入匣子中，
再將信匣刻成魚形，美觀且便於攜帶。「魚傳尺素」成為傳遞書信的
代名詞。這裡也表示接到朋友的問候的。⑥為誰：為什麼。⑦瀟湘：
瀟水和湘水，湖南境內的兩條河流，合流後稱湘江，又稱瀟湘。

TREADING ON GRASS
Qin Guan

Bowers are lost in mist;
Ferry dimmed in moonlight.
Peach Blossom Land ideal is beyond the sight.
Shut up in lonely inn, can I bear the cold spring?
I hear at lengthening sunset homebound cuckoos sing.

Mume blossoms sent by friends
And letters brought by post,
Nostalgic thoughts uncounted assail me oft in host.
The lonely river flows around the lonely hill.
Why should it southward flow, leaving me sad and ill?

暮靄沉沉，樓臺漸次消失在濃霧中；月色朦朧，往日繁忙的渡口也不見了蹤影。望斷天涯，夢中的桃花源無處可尋，又怎生忍受得了在這春寒料峭時節，孤身一人獨居在這孤寂的客館？極目處，夕陽西下，杜鵑聲聲哀鳴，怎一個愁字了得！

　　遠方的友人從驛站捎來的信箋，字裡行間，無不透著殷切的關懷，卻不料，驀地又在心底平添了幾重離愁別恨。才貶郴州，又貶橫州，際遇至此，還能遭遇更壞的變故嗎？放眼望去，郴江兀自東流，忍不住歎息道：郴江啊郴江，你就一直繞著郴山奔流好了，為什麼偏偏要流到瀟湘去呢？

　　　　紹聖四年，秦觀因坐黨籍連遭貶謫，先貶杭州通判，再貶監處州酒稅，繼被羅織罪名貶謫郴州，削去所有官爵俸祿，然後又貶橫州，此詞即作於離郴之前。元祐六年七月，蘇軾受到賈易的彈劾，秦觀從蘇軾處得知自己亦附帶被劾，便立刻去找臺諫官員疏通；秦觀的失態使得蘇軾兄弟遭到政敵攻訐，而蘇軾與秦觀的關係也因此發生了微妙的變化。有人認為，這首詞的下闋很可能是秦觀在流放歲月中，透過同為蘇門友人的黃庭堅，向蘇軾所作的曲折表白。

夢江南‧九曲池頭三月三　賀鑄

九曲池頭三月三，柳毶毶。香塵撲馬噴金銜，涴春衫。

苦筍鱭魚鄉味美，夢江南。闔門煙水晚風恬，落歸帆。

①三月三：陰曆三月三日。魏晉以後固定這一天為上巳節，人們都到水邊嬉遊采蘭或洗沐，以示驅除不祥。②毶毶（ㄙㄢ）：枝條細長的樣子。③香塵：帶著花香的塵土。④銜：馬嚼子。裝在馬口用來控制馬匹的鐵製用具。⑤涴（ㄨㄛˋ）：污染。⑥鱭（ㄐ一ˇ）魚：生活在海中，五六月間入淡水產卵時，脂肪肥厚，味最鮮美。⑦闔（ㄏㄜˊ）門：蘇州城的西門。

DREAMING OF THE SOUTH
He Zhu

By winding stream with pools in third moon on third day,
The willow branches sway.
Fragrant dust is raised by spitting steeds with golden bit
And vernal dress is stained with spit.

I dream of the south.
How delicious are fish and bamboo shoots to the mouth!
The evening breeze calms misty waves before the town,
Returning sails lowered down.

三月三上巳節汴京的九曲池畔，細長的柳條迎著春風輕輕搖擺。凝眸處，車如流水馬如龍，路邊揚起的塵土直撲金屬質地的馬嚼子，讓馬兒忍不住打了一個噴嚏，一下子便弄髒了遊人身上美麗的春衫。

　　此情此景，讓我又想起時常在夢裡出現的江南。那裡的繁華綺麗絲毫不比汴京遜色，那裡的苦筍、鱸魚，味道都很鮮美。還記得，住在蘇州城西閶門附近的巷弄時，盡日裡面對著茫茫煙水，晚風輕輕吹來之際，但見河汊中的歸舟緩緩落下風帆，日子自是過得悠閒自在。

　　賀鑄是北宋末期的詞壇名家，懷有濟世大志與治事才能。因性情剛直，任俠尚氣，為當道者所忌，雖為宋太祖賀皇后族孫，終不得重用。一生久沉下僚，想要建功立業卻又無路可行，遂有歸隱湖山之願，他的不少詞作都反映了這種無奈與矛盾的心境。此篇是詞人中年客居蘇州後再次前往汴京出仕時所作，透過對汴京春景的描繪，將深摯的鄉思滲透其中，抒寫了他真摯直白的性情，但初讀之下卻只見其繁盛而渾然不覺有其他用意。

柳梢青 · 送盧梅坡 · 泛菊杯深　劉過

泛菊杯深，吹梅角遠，同在京城。聚散匆匆，雲邊孤雁，水上浮萍。

教人怎不傷情？覺幾度、魂飛夢驚。後夜相思，塵隨馬去，月逐舟行。

①泛：漂浮。②深：把酒斟滿。③角：號角，此指笛聲。④遠：指笛聲悠遠。

GREEN WILLOW TIPS FAREWELL TO A FRIEND
Liu Guo

Drinking a cupful of chrysanthemum wine
And hearing flute songs of mume flowers fine,
We were then under capital's roofs.
We've met and now in haste we part,
Like lonely swan passing the clouds with speed
Or on the water floating duckweed.

How can grief not come like a stream?
How many times have we been awakened from dream
With broken heart?
I will miss you in the deep night
Like dust raised by horsehoofs
Or the boat followed by the moon bright.

庭院深深——最美的宋詞英譯新詮

遙想當年，你我同在京師臨安，共飲一杯菊花酒，共聽一支梅花曲，情同手足。卻可惜，你我聚也匆匆，別也匆匆，彷彿那雲邊的孤雁，又恰似水上的浮萍，總是四處流浪，漂泊不定，難再重逢。

　　離別之後，思君念君不見君，怎不教人欷歔傷懷？夢裡也曾與你幾度相會，但每一次夢醒時分，又都因為見不到你而失魂落魄，輾轉反側，再也難以入睡。後半夜對你的思念更甚，恨不能像飛塵一樣時時跟隨在你的馬後，更恨無法像明月一樣處處依伴在你的舟旁，可這分心意又有誰能猜透？

　　　　盧梅坡是劉過的好友，二人曾結伴同遊杭州。分別之際，詞人感懷與盧梅坡的交往與純真的友誼，寫下了這首〈柳梢青〉，情深意切，婉轉動人。

卜算子慢 · 江楓漸老　柳永

江楓漸老，汀蕙半凋，滿目敗紅衰翠。楚客登臨，正是暮秋天氣。引疏砧、斷續殘陽裡。對晚景、傷懷念遠，新愁舊恨相繼。

脈脈人千里。念兩處風情，萬重煙水。雨歇天高，望斷翠峰十二。盡無言、誰會憑高意？縱寫得、離腸萬種，奈歸雲誰寄？

①江楓：江邊楓樹。②汀（ㄊㄧㄥ）蕙：沙汀上的香草。③疏砧（ㄓㄣ）：稀疏的搗衣聲。砧，洗衣時用來輕搥衣服的石塊。④脈脈：含情不語。⑤翠峰十二：即巫山十二峰。⑥誰會：誰能理解。⑦歸雲：喻歸思。

SLOW SONG OF DIVINATION
Liu Yong

The riverside maples grown old, Sweet orchids wither by and by.
The faded red and green spread out before the eye.
A Southerner,I climb up high; It's already late autumn cold.
The setting sun is drowned
In washerwoman's intermittent pounding sound.
With evening scenery in view,
Though far away, can I not think of you?
How can old grief not be followed by sorrow new?

Silent,a thousand miles separate you and me.
In two places our dreams, Can't fly o'er streams on streams.
When stops the rain, the sky's serene;
My eyes can't go beyond the twelve peaks green.
Wordless, who would understand my
Leaning on railings at the height?
Though I can write, Down parting grief with broken heart,
Would clouds return and bring it for my part?

　　　　庭院深深——最美的宋詞英譯新詮

楚鄉作客，登高望遠，正逢暮秋時節。遠處，緩緩傳來思婦稀疏的擣衣聲，斷斷續續地回響在殘陽的餘光裡，面對這傍晚沾染著離情別緒的景象，他又想起了遠方的人兒，悲傷得難以自抑，那些新愁和舊恨，便在這剎那間，一股腦兒地接連湧起。

思念的人兒，被迢遙的山水隔斷在千里之外，那脈脈的情思，只能枕著千山萬水，分別在兩地默默思量。雨停雲散，天空高遠，望斷巫山十二座蒼翠的山峰還是望不見她，更無人體會到他在雨中登高望遠的心意，此時此刻，唯一能做的就是沉默不發一言。歎，滿腹的思念，恐怕只能托一封信箋捎給她了，然，路途遙遙，縱然寫得千萬種分別後的情思，又有誰能駕馭行雲替他寄去？

　　柳永因填詞忤逆上意而困頓官場，終身顛沛流離，所作詞曲多有羈旅愁思。古代婦女每逢秋季就會用木杵搗練，以製作禦寒的衣物寄給在外的征夫，所以流落他鄉的旅人每聞砧聲便會生出不盡的愁緒，柳永也不能例外。此詞看似懷人，實則隱藏了長期漂泊後的「傷懷念遠」之意。

蝶戀花・送春・樓外垂楊千萬縷　朱淑真

樓外垂楊千萬縷，欲系青春，少住春還去。猶自風
前飄柳絮，隨春且看歸何處？

綠滿山川聞杜宇，便做無情，莫也愁人苦。把酒送
春春不語，黃昏卻下瀟瀟雨。

①系：懸繫。②少住：稍稍停留一下。③杜宇：即杜鵑鳥。傳說
古蜀帝杜宇，死後化為杜鵑鳥。④便作：即使。⑤莫也：豈不也。
⑥瀟瀟：形容雨勢急驟。

BUTTERFLIES IN LOVE WITH FLOWERS
Zhu Shuzhen

Thousands of willow twigs beyond my bower sway;
They try to retain spring, but she won't stay
For long and goes away.
In vernal breeze the willow down still wafts with grace;
It tries to follow spring to find her dwelling place.

Hills and rills greened all over, I hear cuckoos sing;
Feeling no grief, why should they give me a sharp sting?
With wine cup in hand, I ask spring who won't reply.
When evening grizzles,
A cold rain drizzles.

搖曳在樓外的垂柳，那千萬縷的柳絲，飄飄蕩蕩，彷彿要拴住春天的腳步，卻可惜春天從來都是匆匆來又匆匆去，不曾為誰稍做過片刻的停留。唯有柳絮仍守在樓前迎風飛舞，它是要跟隨春風，去看看春天到底歸向何處嗎？

　　綠意蔥蘢的山川，只聽到杜鵑在聲聲啼鳴。都說杜鵑是無情的鳥，可那淒厲的叫聲難道不是替思人喊出了滿腹深重的愁苦？斟一壺美酒，舉杯送別這短暫的春天，春天卻默然不肯言語，冷不防黃昏時候，又無緣無故地下起一場急雨。

　　少女時期的朱淑真「天資秀發，性靈鐘慧」，不肯為閨中「女訓」「女誡」所拘，活得恣意灑脫。然而，在父母失審的情況下嫁給一介庸夫，經歷了人世各種辛酸折磨之後，始終鬱鬱寡歡，每臨風對月，必觸目傷懷，所以才寫下了這首悲悽幽悒的詞作。

　　朱淑真，號幽棲居士，浙江海寧（一說錢塘）人，南宋著名女詞人，與李清照齊名。生於仕宦之家，幼警慧，善讀書，但因與丈夫志趣不合，終因抑鬱早逝，其餘生平皆不可考。傳其過世後，父母將其生前文稿付之一炬，現存《斷腸詩集》《斷腸詞》則為劫後餘篇。

浣溪沙 · 一曲新詞酒一杯　晏殊

一曲新詞酒一杯，去年天氣舊亭臺。夕陽西下幾時
回？

無可奈何花落去，似曾相識燕歸來。小園香徑獨徘
徊。

①小園香徑：帶著幽香的園中小徑。

SILK-WASHING STREAM
Yan Shu

A song filled with new words,a cup filled with old wine,
The bower is last year's, the weather is as fine.
Will last year reappear as the sun on decline?

Deeply I sigh for the fallen flowers in vain;
Vaguely I seem to know the swallows come again.
In fragrant garden path alone I still remain.

譜一曲新詞，喝一杯美酒，觸目所及之處，還是和去年一樣的天氣，和舊日一樣的亭臺樓閣。只是，日落西山，那璀璨的陽光何時才能歸來？

　　無可奈何地看著庭前紛飛的落花，心裡裹著萬千愁緒，唯有那彷彿從前便已相識的燕子，是它們的歸來，才給了他一點點的安慰。往事不可再追，此時此刻，也只能獨自徘徊在這花香透染的小徑上，去默默緬懷曾經的曾經了。

　　這是晏殊詞中最為膾炙人口的篇章。全詞抒發了詞人悼惜殘春之情，表達了時光易逝、難以追挽的傷感。

浣溪沙·一向年光有限身　晏殊

一向年光有限身，等閒離別易銷魂。酒筵歌席莫辭頻。

滿目山河空念遠，落花風雨更傷春。不如憐取眼前人。

①一向：片刻，一會兒。②年光：時光。③有限身：有限的生命。
④等閒：平常。⑤莫辭頻：不要因為頻繁而推辭。

Silk-Washing Stream
Yan Shu

What can a short-lived man do with the fleeting year
And soul-consuming separations from his dear?
Refuse no banquet when fair singing girls appear!

With hills and rills in sight, I miss the far-off in vain.
How can I bear the fallen blooms in wind and rain!
Why not enjoy the fleeting pleasure now again?

光陰如梭，人生苦短，離別是世間最尋常的際遇，也最易惹人惆悵。別因為經常遭逢離別，就頻繁地以各種理由推辭出席各種酒宴，而應當在這有限的人生裡，對酒當歌，開懷暢飲。

　　每到登臨之際，放眼遠眺遼闊的山河，就會無端思念起遠方的親友；等到風雨吹落繁花之時，才發現春光易逝，不禁生出更多傷春的愁緒來。既如此，還不如在酒宴上及時行樂，好好憐愛眼前相依相伴的人！

　　儘管幾乎天天過著花天酒地的生活，但晏殊始終對人生懷有審慎的理性態度，所以歌舞昇平的宴飲生活，非但沒有消磨掉他的精神和意志，反而使他由繁華想到消歇。人生的有限與無限、離散與聚合等重大問題始終縈繞在他的腦海，這首詞便是他在一次宴席之後所作，表達了詞人感歎人生有限，不要沉陷於離情別緒，應及時行樂的豁達思想。

卜算子・送鮑浩然之浙東・水是眼波橫　王觀

水是眼波橫，山是眉峰聚。欲問行人去那邊？眉眼
盈盈處。

才始送春歸，又送君歸去。若到江南趕上春，千萬
和春住。

①水是眼波橫：水像美人流動的眼波。②山是眉峰聚：山如美人蹙
起的眉毛。③盈盈：美好的樣子。④才始：方才。

SONG OF DIVINATION
Wang Guan

The rippling stream's a beaming eye;
The arched brows are mountains high.
May I ask where you're bound?
There beam the eyes with arched brows around.

Spring's just made her adieu,
And now I'll part with you.
If you overtake Spring on southern shore,
Oh, stay with her once more!

碧水如同美人流轉的眼波，山峰仿若美人蹙起的眉頭。想問問即將遠去的友人到底要去往哪裡，他卻搶著告知，要去那山水交會的地方。

剛剛把春天送走，轉眼間便又要送你歸去。如果回到江南的時候還能趕上春天的尾巴，記得千萬要把春天的景色留住。

春末時節，詞人在異鄉送別即將回歸浙東家鄉的好友鮑浩然。雖然自己的家鄉如皋距離浙東並不遙遠，叵耐羈旅之身，欲歸不得，滿腹愁緒難以排遣，但仍衷心祝福好友，希望他能與春光同住。

王觀，字通叟，如皋（今江蘇南通如皋）人。相傳曾奉詔作〈清平樂〉，描寫宮廷生活，因高太后對王安石變法甚為不滿，認為王觀是王安石門生，遂以其詞褻瀆了宋神宗為由將其罷職，此後便自號「逐客」，以布衣終老。

蝶戀花 · 密州上元 · 燈火錢塘三五夜　蘇軾

燈火錢塘三五夜。明月如霜，照見人如畫。帳底吹笙香吐麝，更無一點塵隨馬。

寂寞山城人老也。擊鼓吹簫，卻入農桑社。火冷燈稀霜露下，昏昏雪意雲垂野。

①錢塘：此處代指杭州城。②三五夜：即每月十五日夜，此處指元宵節。③帳：此處指富貴人家元宵節時在堂前懸掛的幃帳。④麝：麝香。

BUTTERFLIES IN LOVE WITH FLOWERS
LANTERN FESTIVAL AT MIZHOU
Su Shi

On Lantern Festival by riverside at night,
The moon frost-white
Shone on the beauties fair and bright.
Fragrance exhaled and music played under the tent,
The running horses raised no dust on the pavement.

Now I am old in lonely hillside town,
Drumbeats and flute songs up and down
Are drowned in prayers amid mulberries and lost.
The lantern fires put out, dew falls with frost.
Over the fields dark clouds hangs low: It threatens snow.

記得杭州城的元宵之夜，明月恰似銀霜，照得月下的人兒彷彿從畫中走出，迷濛又美麗。歌女在帷帳裡吹著動聽的笙樂，有麝香的氣味緩緩從帳底透出，只令人心曠神怡。尤為難得的是，江南氣清土潤，即便行人如潮，地面上也決無一點塵埃會跟隨馬車飛揚，怎不惹人相思無度？

　　回首，寂寞的密州城裡，住在這裡人們都已經老了，興致所至，也不過是沿街擊鼓，吹簫而行，但最後又都會轉到農桑社去祭祀土地神，無聊透頂。凝眸處，燈火清冷稀少，霜露漸漸降下，陰暗昏沉的烏雲籠罩著大地，看看馬上就要下雪了，又哪裡能跟繁華的杭州城相提並論？

　　　　此詞作於熙寧八年，蘇軾剛赴密州（今山東諸城）任知州時。詞人運用粗筆勾勒的手法，抓住杭州、密州在氣候、地理、風俗等方面的特點，描繪了杭州和密州上元節的不同景象，流露出作者對杭州的思念和初來密州時的寂寞心情。

行香子‧述懷‧清夜無塵　蘇軾

清夜無塵，月色如銀。酒斟時、須滿十分。浮名浮利，虛苦勞神。

嘆隙中駒，石中火，夢中身。

雖抱文章，開口誰親。且陶陶、樂盡天真。幾時歸去，作個閒人。

對一張琴，一壺酒，一溪雲。

①虛苦：徒勞。②隙中駒：語出《莊子‧知北遊》：「人生天地之間，若白駒之過隙，忽然而已。」③石中火：語出北齊劉晝《新論‧惜時》：「人之短生，猶如石火，炯然而過。」④夢中身：語出《關尹子‧四符》：「知此身如夢中身。」⑤開口誰親：有話對誰說，誰是知音呢？

SONG OF PILGRIMAGE
Su Shi

Stainless is the clear night; The moon is silver bright.

Fill my wine cup, Till it brims up!

Why toil with pain, For wealth and fame in vain?

Time flies as a steed white

Passes a gap in flight. Like a spark in the dark. Or a dream of moonbeam.

Though I can write, Who thinks I'm right?

Why not enjoy, Like a mere boy?

So I would be, A man carefree.

I would be mute before my lute; It would be fine in face of wine; I would be proud to cleave the cloud.

清朗的夜裡，看不到一絲塵埃，抬頭望望，月光皎潔如銀，美得清奇出塵。值此良辰美景，合該把酒對月，斟滿杯盞，盡情享受。一邊喝著美酒，一邊遐思萬千，人這一生，短暫得彷彿白駒過隙，如同擊石時迸出的火花一閃即逝，又恰似夢境中虛幻不實的經歷，想來那些千方百計追求名利的人，不過都是在徒然勞神費力罷了。

雖有滿腹才學，寫得一手好文章，卻還是不被重用，胸中的抱負，也無一能夠施展。既如此，倒不如沉浸在大自然賜予的歡樂中，忘掉官場中的種種煩惱，做一個天真快樂的人。然，何時才能歸隱田園，不再為國事操勞，每日裡都有琴可彈，有酒可飲，有雲可賞，只遊山玩水，吟風弄月？

此作從其所表現的強烈退隱願望來看，應是蘇軾在宋哲宗元祐時期的作品。當時哲宗年幼，高太后主持朝政，罷行新法，起用舊派，蘇軾受到特殊恩遇。元祐元年蘇軾被召還朝，任翰林學士、知制誥，但政敵朱光庭、黃慶基等人多次企圖再度誣陷他，雖因高太后的保護他未曾受到迫害，卻也對官場生活無比厭倦，遂產生退隱思想。這首詞抒寫了詞人把酒對月之時的襟懷意緒，流露出人生苦短、知音難覓的感慨，也表達了他渴望擺脫世俗困擾的出世之意。

採桑子·恨君不似江樓月　呂本中

恨君不似江樓月，南北東西。南北東西，只有相隨無別離。

恨君卻似江樓月，暫滿還虧。暫滿還虧，待得團團是幾時？

GATHERING MULBERRY LEAVES
Lv Benzhong

I'm grieved to find you unlike the moon at its best,
North, south, east, west.
North, south, east, west,
It would accompany me without any rest.

I am grieved to find you like the moon which would fain
Now wax, now wane.
You wax and wane.
When will you come around like the full moon again?

恨你不像江邊樓上高懸的明月，因為不管我去往哪裡，東西南北走遍，它也都會相伴在側，如影隨形，永不分離。

恨你就像江邊樓上高懸的明月，因為它剛剛圓滿就又虧缺了，要等到它再圓之際卻又不知道還要挨到何時。

這是一首借喻明月來傾訴別離之情的詞作。全詞採用白描手法，頗有民歌風味，情感真摯，樸實自然，結構上採取重章複杳的形式，深得回環跌宕、一唱三歎的妙處。

呂本中，字居仁，世稱東萊先生，壽州（今安徽鳳台）人。仁宗朝宰相呂夷簡玄孫，青年時曾戲作〈江西詩社宗派圖〉，使「江西派」一舉定名，雖未將自己列入其中，但後人多視其為江西派。趙萬里《輯宋金元人詞》輯有《紫微詞》，《全宋詞》據之錄詞二十七首。

點絳唇・新月娟娟　汪藻

新月娟娟，夜寒江靜山銜斗。

起來搔首，梅影橫窗瘦。

好個霜天，閒卻傳杯手。

君知否？亂鴉啼後，歸興濃於酒。

①娟娟：明媚美好的樣子。②山銜斗：北斗星閃現在山間。③閒卻：空閒。④傳杯：互相傳遞酒杯敬酒，指聚酒。⑤亂鴉啼：明指鳥雀亂叫，暗喻朝中小人得志。⑥歸興：歸家的興致。

ROUGED LIPS
Wang Zao

The crescent moon so fair,

The night so chill.

The stream so still,

I rise and scratch my hair.

The mumes cast slender shadows across windowsill.

The frosty sky so fine,

A cup in hand,I can't but pine.

Do you not know

After the wailing of the crow

I am more homesick than thirsty for wine?

一彎皎潔的新月，高高地懸掛在夜空中。寒夜裡，江流澄靜，聽不到一點波濤的聲音，只看見遠山銜著北斗，一派靜謐寧和的景象。夜不成寐，索性披衣而起，在屋裡徘徊搔首，卻不意幾枝疏落的梅影正透過窗扉，驀然闖入眼簾。

好一個清涼的霜天月夜，本應是好友歡聚、推杯換盞的時候，卻可惜我一點飲酒的興致也沒有，生生閒置了這雙平日裡時常傳杯把盞的手。知道嗎，酒宴上離席而去，不因為別的，只因為聽到那些宵小之輩紛亂如鴉啼的聒噪後，我突地就衍生了歸家的念頭，而那意興竟比飲酒的心思還要濃厚。

> 據張宗《詞林紀事》載，汪藻出守泉南，因被同僚讒毀而移知宣城，心中很是鬱悶煩躁，此詞便寫於其時。末句看似寫鴉啼，實則是暗諷官場中的奸佞之輩，筆意含蓄，深有寄託。

汪藻，字彥章，號浮溪，又號龍溪，饒州德興（今屬江西上饒）人。早年曾向江西派著名詩人徐俯學詩，中年後又拜江西派詩人韓駒為師，然而他的詩風卻不沾江西詩派習氣而頗類蘇軾，多觸及時事，寄興深遠。擅寫四六文，南渡初詔令制誥均由他撰寫，行文洞達激發，多為時人傳誦，以縱橫的才氣被比作唐才子陸贄。

鵲橋仙・扁舟昨泊　吳潛

扁舟昨泊，危亭孤嘯，目斷閒雲千里。前山急雨過
溪來，盡洗卻、人間暑氣。

暮鴉木末，落鳧天際，都是一團秋意。癡兒騃女賀
新涼，也不道、西風又起。

①騃（ㄞˊ）：愚笨的樣子。

IMMORTALS AT THE MAGPIE BRIDGE
Wu Qian

I moor my boat and then I croon
Beneath the high pavilion alone.
I stretch my eyes
To see for miles and miles clouds rise.
The hasty rain sweeps from the hills
Across the rills.

At dusk the crows perch on top of the trees;
From the horizon come the wild geese.
They bring the fresh autumnal air;
My children are fond of the fresh cool here and there.
They do not see the rise again of the west breeze.

一葉扁舟載不動太多的閒愁，昨夜剛剛停泊在岸邊，就看到頹敗的亭臺在孤寂中忍受著風的嘶吼，更惹他愁緒叢生。極目遠望，漫天的雲朵逶迤千里，可就算把它們望斷，他也望不見遠方的故鄉。沿著江岸漫無目的地走著，前面的山頭忽然落下一場急雨，氣勢如虹地渡過溪水，迅速向他侵襲而來，一眨眼的工夫，便把這人世間的溽熱徹底蕩滌乾淨。

　　不知不覺中，天就快黑了。烏鴉早就停歇在枝頭，野鴨也撲棱著翅膀從天邊飛落，收入眼底的盡是一團抹著愁緒的秋意。那些未經世事的小兒女，總是執著於眼前的遇見，瞧，他們正以歡快的心情慶賀著秋涼的到來，也不想想，隨著季節的轉換，西風馬上就又要刮過來了，到那時，凜冽的寒冬還會遠嗎？

　　　　宦海中的沉浮，恰如潮漲潮落，永無停歇。此詞抒寫了詞人面對頻繁的調遷，卻無法擔當大任、壯志難酬的落寞心境。

花犯 · 賦水仙 · 楚江湄　周密

楚江湄，湘娥乍見，無言灑清淚，淡然春意。空獨
倚東風，芳思誰寄。凌波路冷秋無際，香雲隨步起。
謾記得、漢宮仙掌，亭亭明月底。

①湄：河岸，水與草交接的地方。②湘娥：傳說中的舜妃娥皇、女
英。相傳二人因哀舜之崩殂，投湘江而死，化為湘水之神。此處喻
水仙花。③謾（ㄇㄢˋ）：徒，空。④漢宮仙掌：漢武帝曾在建章宮前
造神明臺，上鑄銅柱、銅仙人，手托承露盤以儲甘露。

INVADED BY FLOWERS To the DAFFODIL
Zhou Mi

By the southern rivershore
Like the princess you appear; Silent, you shed tear on tear.
You care for spring no more.In vain on eastern breeze you lean.
To whom will you send fragrance green?
You seem to tread on waves to hear cold autumn's sighs;
After your steps fragrant clouds rise.
To what avail should you, Recall the fairy with a plate of dew,
Who stands fair and bright in the moonlight?

冰弦寫怨更多情，騷人恨，枉賦芳蘭幽芷。春思遠，
誰歡賞、國香風味。相將共、歲寒伴侶，小窗淨、
沉煙熏翠袂。幽夢覺，涓涓清露，一枝燈影裡。

⑤騷人：泛指詩人，文人。⑥國香：極香的花，一般稱蘭花為國香。
但此處指水仙花。⑦沉煙：指點燃的沉香。⑧翠袂：喻水仙葉。⑨
涓涓：細水慢流的樣子。

The icy strings reveal the grief of lovesick heart.
The poet regrets to have sung of orchids and grass,
But keep you apart. Your vernal thoughts go far away.
Who would enjoy the fragrance of bygone days?
Why not share with me the quiet window you've seen,
Where incense perfumes your sleeves green?
Awake from my sweet dream, alas!
I find by candlelight a part of you, Steeped in clear dew.

這水仙花，端的就是瀟湘妃子無疑。初見時，它彷彿湘妃靜靜佇立在楚江邊，默然無語，幾滴清淚灑落在臉上，那淡淡的幾縷春意，似乎掩藏著無盡的哀思。它獨自沉溺在東風裡搖曳，這滿腔的相思又該寄給誰呢？但見它步履輕盈地從水面上走來，帶著蕭瑟冷寂的秋意，只要是它經過的地方，便有嫋嫋的清香飄起。細細打量著它，忽地想起，漢武帝的宮闕裡曾有過一只金銅仙人承露盤，每個夜晚都亭亭玉立在明月底，也是它這般的風流嫋娜，總讓人過目不忘。

琵琶弦起，聲聲婉轉，那悠揚的音韻傳達出更深的情意，也道盡了水仙的幽怨，恨詩人們總是枉自讚美芳香幽雅的蘭芷，卻從不曾在文字裡把它提及。有誰歡賞過它國色天香的風味，又有誰理解它邈遠悠長的幽思？我將與它相伴相依，共同度過嚴寒的冬日，在安靜的小窗旁，為它燃起沉香，任嫋娜的青煙熏香它一身素淨的衣裳，自此後，每當幽夢醒來，便會見到它一身清露涓涓滴，娉娉婷婷在縹緲的燈影裡。

南宋末年，佞臣當道，國勢衰微，詞人因而衍生出躲避現實的想法。此詞透過對高潔出塵的水仙花的描繪，表現了詞人不與奸邪同流合污的高風亮節。全詞清麗婉轉，工於寄託，於平淡的語氣中寄寓了作者曲折蘊藉的情感，具有新穎的角度和鮮明的個性。

水龍吟・採藥徑・雲屏漫鎖空山　葛長庚

雲屏漫鎖空山，寒猿啼斷松枝翠。芝英安在，尤苗
已老，徒勞屐齒。應記洞中，鳳簫錦瑟，鎮常歌吹。
悵蒼苔路杳，石門信斷，無人問、溪頭事。

①芝英：靈芝。②尤：植物名。根塊狀，肉黃白色。味微甘，有異香，
供藥用。③屐齒：木屐底下凸出像齒的部分。④鎮常：經常。

WATER DRAGON CHANT
Ge Changgeng

Clouds veil the empty mountains like a screen;
Cold monkeys cry on pine branches green.
Where is the wonderful grass, And oldened seed? Alas!
I've tried to find them, but in vain. Does the fairy cave still
remain?
Do fairies often blow their phoenix flute, And play on
broidered lute?
I sigh for the way is covered with moss,
No message comes from the stone gate, I'm at a loss.
The fairies would be hard to seek; Would they lead me along
the creek?

水龍吟‧採藥徑‧雲屏漫鎖空山

回首暝煙無際，但紛紛、落花如淚。多情易老，青
鸞何處，書成難寄。欲問雙娥，翠蟬金鳳，向誰嬌
媚。想分香舊恨，劉郎去後，一溪流水。

⑤暝（ㄇㄧㄥˊ）：昏暗。⑥青鸞：傳說中的神鳥。似鳳，五色備舉而
多青。⑦分香：曹操臨終前，命人將餘香分給諸夫人。後用以比喻
臨死時對妻妾的愛戀之情。

I turn my head, a boundless plain appears, And petals shed
like tears.
Lovers are easy to grow old. Have they heard, Where is the
blue bird
To bring to them a word? I would ask the fair maid
For whom the golden phoenix and green jade
Displaying their charm, are displayed.
When the lover wakes from his dream,
What's left is only fallen petals on the stream.

屏峰矗立，空山雲繞；寒猿悲啼，松枝青翠。翻山越嶺，卻發現尤苗已老到不能採摘，靈芝更不知道藏身何處，忙忙碌碌，終究是徒勞一場。還記得在洞中度過的仙家日子，終日裡鳳簫悠揚，錦瑟纏綿，尋常要做的事除了唱歌就是吹奏；而今，青苔早就覆蓋了通往仙界的道路，再也沒有仙女候他於溪頭石門前，怎不惹人惆悵？

回首望去，暮色中煙靄茫茫，漫無邊際，落花紛紛墜離枝頭，彷彿他眼中落下的淚水，總是沒個收結處。歟，多情人總是容易變老，可青鸞還是沒出現，無法把他想要求仙的心願借一紙清風捎往天界。想要問問當年接引劉晨、阮肇入天臺的二位仙女，那髮間插著的金鳳釵，那分嬌媚那分柔情，現如今卻又是為了誰？遙想曹操去世前分香給諸位夫人的遺恨，再看看自劉晨、阮肇離開仙山後，仙路便即杳杳，唯有一溪流水依然不悔地向東流去，那無法成仙的惆悵便又添了一重。

> 這首詞虛實結合，將現實和幻想巧妙地融為一體，構築出一個神奇玄妙的世界，從表面上看是寫求仙無門，實則表達了他對現實世界充滿無奈的惆悵心緒。

葛長庚，字白叟，號海瓊子，世稱紫清先生，海南瓊山人。十六歲離家雲遊，養真於儋州松林嶺，二十三歲隻身渡海到各地求師，最後入住武夷山止止庵，師從道教南宗四世祖陳楠，盡得其術。工於詩詞，文詞清亮高絕，著有《海瓊集》《羅浮山志》等。

風入松・聽風聽雨過清明　　吳文英

聽風聽雨過清明，愁草瘞花銘。樓前綠暗分攜路，
一絲柳、一寸柔情。料峭春寒中酒，交加曉夢啼鶯。
西園日日掃林亭，依舊賞新晴。黃蜂頻撲鞦韆索，
有當時、纖手香凝。惆悵雙鴛不到，幽階一夜苔生。

①瘞（一ˋ）：掩埋。②綠暗：形容綠柳成蔭。③分攜：分手，分別。
④中酒：醉酒。⑤交加：交錯混雜。⑥新晴：天剛放晴。⑦雙鴛：
指女子的繡花鞋，這裡指女子本人。

WIND THROUGH PINES
Wu Wenying

Hearing the wind and rain while mourning for the dead,
Sadly I draft an elegy on flowers.
Over dark green lane hang willow twigs like thread,
We parted before the bowers.
Each twig revealing, Our tender feeling.
I drown my grief in wine in chilly spring;
Drowsy,I wake again when orioles sing.

In West Garden I sweep the pathway
From day to day, Enjoying the fine view, Still without you.
On the ropes of the swing the wasps often alight
For fragrance spread by fingers fair.
I'm grieved not to see your foot traces, all night
The mossy steps are left untrodden there.

庭院深深——最美的宋詞英譯新詮

聽著風聽著雨，在孤單寂寞中獨自度過清明。剛剛掩埋好遍地的落花，便又滿懷憂愁地鋪開紙箋，起草葬花之銘。樓前依依惜別的地方，而今已生出一片濃密的綠蔭，每一縷柳絲，都飄拂著一分刻骨的柔情。料峭的春寒中，獨自喝著悶酒，想借著醉意去夢裡尋覓佳人，冷不防，卻又被聲聲的鶯啼喚醒。

每天都會把西園的亭臺和樹林灑掃乾淨，只因為依舊喜歡到這裡欣賞日出的美景。蜜蜂頻頻撲向她當初盪過的鞦韆，繩索上還留有她纖手握過的芳馨。他是多麼的惆悵多麼的傷心，花前月下，愣是影不成雙，想她念她，幽寂的空階上，一夜間便長出了青青的苔蘚，可那個明媚如春的她，現如今又身在何方？

> 這是西園懷人之作，也是一首傷春之作，陳洵《海綃說詞》謂此乃「思去妾」之詞。西園是詞人和妾室曾經的寓所，二人亦在此分手，吳文英在詞中常常提到此地，可見西園實乃其夢魂縈繞之地。

浣溪沙・門隔花深夢舊遊　　吳文英

門隔花深夢舊遊，夕陽無語燕歸愁。玉纖香動小簾鉤。

落絮無聲春墮淚，行雲有影月含羞。東風臨夜冷於秋。

①玉纖：指女子的纖纖玉手。②臨夜：夜間來臨時。

SILK-WASHING STREAM
Wu Wenying

I dreamed of the door parting me from my dear flower,
The setting sun was mute and homing swallows drear.
Her fair hands hooked up fragrant curtains of her bower.

The willowdown falls silently and spring sheds tear;
The floating clouds cast shadows when the moon feels shy;
The spring wind blows at night colder than autumn high.

總是在舊夢中尋遊，朦朧的夢境中，又來到當年的庭院，卻見深深的花叢早已遮住了往日裡見證了他們無數歡聲笑語的院門。夕陽默無一言地向西下沉，歸巢的燕子也沉默不語，彷彿有著萬般憂愁。回首處，一股幽香浮動，但見一雙白皙纖細的玉手，正從帷幕後輕輕探出，於不經意中緩緩撥開了那只精緻的小簾鉤。

　　縹緲的柳絮無聲無息地墜落，就連眼前滿目的春光，都為他們即將來臨的離別滴下行行熱淚。流動的浮雲輕輕遮住了月光，那若隱若現的月亮恰似她含羞的面龐，美麗卻又藏著一絲淡淡的憂傷。夜幕降臨，料峭的春風緩緩吹過，那抹寒涼迅速讓人感受到深秋才有的凜冽，怎不惹人心驚？

> 　　借夢寫情，更見情深似海。她的一舉一動，都是他心心念念的不忘。恨離別，悲離別，即便沐浴在和煦的春風裡，也能感受到深秋的寒涼，足見人間還有癡情人。

浣溪沙‧春日即事‧ 遠遠遊蜂不記家 　劉辰翁

遠遠遊蜂不記家，數行新柳自啼鴉。尋思舊事即天涯。

睡起有情和畫卷，燕歸無語傍人斜。晚風吹落小瓶花。

①睡起有情和畫卷：睡起後心情煩悶無心賞畫，於是卷起了畫。而情也連同畫一起被卷起來了。②傍（ㄅㄤˋ）：靠近。

SILK-WASHING STREAM A SPRING DAY
Liu Chenweng

Far away the bees roam without knowing their home;
On a few new shoots of willow trees the crows cry.
I think of the days gone by as far as the end of the sky.

Awake from sleep, I roll up my dream with my scroll.
The silent swallows come back in slanting sunrays;
The evening wind blows down flowers in a vase.

遊蜂越飛越遠，總是不記得回巢的路；烏鴉停留在幾行翠綠的新柳上，兀自啼鳴個不休。眼前的春光，又讓他想起那些遙遠的舊事，那時的他就像遊蜂和烏鴉一樣自由快樂，只可惜，一轉身的工夫，自己與前塵往事便隔了天涯海角那麼迢遙的距離。

　　午睡初醒，心緒變得愈加煩悶，連畫也懶得欣賞，索性將它卷好束之高閣。夕陽西下，歸巢的燕子一聲不響地依傍著人斜斜地飛過，彷彿也有著同他一樣令人難以琢磨的心思。回首間，晚風緩緩吹落瓶花，他的心緒也跟著淡到極致，只黯然神傷。

　　　　從表面上看，這首詞的每個句子都是獨立不相關的，但實則內裡的邏輯卻是緊密相扣的，畫面層層遞進，在不知不覺中構成一幅完整的春日鄉思圖，令人回味無窮。

一剪梅·紅藕香殘玉簟秋　李清照

紅藕香殘玉簟秋。輕解羅裳，獨上蘭舟。雲中誰寄錦書來？雁字回時，月滿西樓。

花自飄零水自流。一種相思，兩處閒愁。此情無計可消除，才下眉頭，卻上心頭。

①紅藕：紅色的荷花。②玉簟（ㄉㄧㄢˋ）：光滑似玉的精美竹席。③錦書：書信的美稱。④雁字：群雁飛時常排成「一」字或「人」字，因此以雁字稱群飛的大雁。⑤閒愁：無端而來的愁緒。

A TWIG OF MUME BLOSSOMS
Li Qingzhao

Fragrant lotus blooms fade, autumn chills mat of jade.
My silk robe doffed,I float Alone in orchid boat.
Who in the cloud would bring me letters in brocade?
When swans come back in flight,
My bower is steeped in moonlight.

As fallen flowers drift and water runs its way,
One longing leaves no traces
But overflows two places.
O how can such lovesickness be driven away?
From eyebrows kept apart, Again it gnaws my heart.

庭院深深——最美的宋詞英譯新詮

池塘裡粉色的荷花已次第凋謝，那幽幽的清香也跟著消散殆盡，凝眸處，光滑如玉的竹席早就沾染了些許秋的涼意。輕輕解開羅裙，換上便裝，獨自登上小舟，去把那季節末尾的風光欣賞。抬頭望向高遠的天空，又想起遠行的夫君，只是，長路漫漫，白雲舒卷處，又有誰會借著清風將思念的錦書寄來？想他，念他，待回過神來時，才發現曾經遁去的大雁已結伴從遠方飛回，而月光也早就灑滿了她一次次登高望遠盼他歸來的西樓。

放眼望去，落花在風中獨自飄零，溪水沿著曲折的河道孤單地流淌，她知道，此時此刻，她和他都在思念著對方，卻遺憾隔著山重水複的距離，彼此無法傾訴衷腸，便只好各自沉醉在夢中，在兩個不同的地方，任愁緒在天地間交相蔓延。歎，這相思的愁苦實在是無法排遣，剛剛才從微蹙的眉頭溜走，立馬又隱隱纏上了心頭，到底該如何是好？

這首詞是李清照前期的作品，當作於婚後不久。元人伊世珍《琅嬛記》引《外傳》云：「易安結褵未久，明誠即負笈遠遊。易安殊不忍別，覓錦帕書〈一剪梅〉詞以送之。」現代詞學家王仲聞編著的《李清照集校注》卷一卻提出了不同意見：「清照適趙明誠時，兩家俱在東京，明誠正為太學生，無負笈遠遊事。此則所云，顯非事實。而李清照之父稱為李翁，一似不知其名者，尤見蕪陋。《琅嬛記》乃偽書，不足據。」

群花爭豔中獨樹一幟：李清照

　　李清照出生在詩書之家，父親李格非是蘇軾的學生，工於詞章，官做到禮部員外郎，母親是狀元王拱宸的孫女，有著極高的文學素養。受父母影響，秉承家學的她巾幗不讓鬚眉，自少年時起便詩名大震，並得到諸多當世名家的稱揚。「蘇門四學士」之一的晁補之說她「善屬文，於詩尤工」；地理學家朱彧說她「詩文典贍，無愧於古之作者」。傑出的詩才並未妨礙她在詞壇的縱橫開拓，一闋清新別致的〈如夢令〉，雖只是小試牛刀，甫經出世，便轟動了整個汴京，「當時文士莫不擊節稱賞，未有能道之者」，而那會兒，她還只是個待字閨中的豆蔻少女。

　　十八歲那年，她嫁給了吏部侍郎趙挺之的兒子，二十一歲的太學生趙明誠。這是一樁門當戶對的婚姻，完美得近乎無瑕，而婚後琴瑟和鳴的恩愛生活更讓她體會到一個女人的幸福。她和他不僅情意相篤，而且都對金石有著近乎癡迷的嗜好，那些古老神祕的碑文，一次次把他們拽進遙遠的歷史，哪怕囊中羞澀，把衣服典當掉，也要想方設法地把心儀的金石收攬入手。

　　她甘願為他做一個洗手做羹湯的小女人，竭盡全力想要扮演好妻子的角色，然而天有不測風雲，婚後第二年，父親李格非就被列入「元祐黨籍」被貶逐出京，她亦受到牽連被迫離開汴京，離開新婚不久的丈夫。其後數年，雖遭遇大赦重返京城與丈夫聚首，叵耐屋漏偏逢連陰雨，趙家也因受到權相蔡京的構陷，已身為宰執的趙挺之被貶身死，家眷親友相繼被捕，無奈之下，她只好跟隨丈夫回到青州原籍，開始了屏居鄉里的生活，而這一待便是漫長的十數年。

　　雖然遠離了繁庶的京城，小兩口在青州的日子倒是過得舒心。他們節衣縮食，繼續搜羅各種金石古籍；他們賭書

潑茶，終日裡吟詩作詞；他們用兩顆甘於淡泊的心，把平靜的生活過得風生水起、有滋有味。只可惜，這樣的舒適並沒能維持到終老，北宋王朝一夕之間，訇然倒塌在金兵的鐵蹄下，她和他來不及收拾所有來之不易的珍藏，便跟著四處逃竄的趙宋皇族踏上了南渡的流亡之路。大部分沒來得及帶走的古玩書籍都在戰火中毀於一旦，痛不欲生的趙明誠終於一病不起，在逃亡的路上撒手人寰，只留下她一個人，孤孤單單地輾轉在江南他鄉，自此，把人間的酸甜苦辣都嘗遍了。

他走了，她筆下的詞章不再是纏綿悱惻的愛情，不再是閨閣生香的活潑俏皮，不再是夫妻情意相篤的戲謔，「昨夜雨疏風驟，濃睡不消殘酒」的香豔與安然一去不返，有的只是「尋尋覓覓，冷冷清清，淒淒慘慘戚戚」的哀傷與悲慟。她變了，變得不開心，變得抑鬱，甚至因為識人不明被無賴騙婚再嫁，為逃離魔爪不得不以身試法，身陷囹圄。昨日的風花雪月，終於在山河淪落的背景下，蛻變成了今朝的暴風驟雨，她不習慣，她不情願，她不想面對這一切一切的悽楚與痛苦，然而她根本沒有選擇的餘地，只能在不斷的遷徙中吟斷一闋闋傷心詞章，把悲傷進行到底。

或許，正因為後半生風雨飄搖的經歷，她的詞作才能夠在群芳爭豔的宋代詞苑中獨樹一幟，自成一家，並被後世以她之號歸名為「易安體」。可這些真是她想要的嗎？沈謙在《填詞雜說》中將她與李後主並提，云：「男中李後主，女中李易安，極是當行本色。」可謂對其推崇備至。然，如果真的可以讓她自己選擇，我猜，她一定不會追求虛無的「婉約詞宗」之名，而是和趙明誠一起，手牽手，面對面，一起坐在青州老屋門前的石階上，賭書潑茶，談笑風生，以此終老。

4

USE THOUSANDS OF MILES OF
RIVERS AND MOUNTAINS
AS A BRIDE TO MARRY YOU

念奴嬌‧赤壁懷古‧大江東去　蘇軾

大江東去，浪淘盡，千古風流人物。故壘西邊，人道是：三國周郎赤壁。亂石穿空，驚濤拍岸，捲起千堆雪。江山如畫，一時多少豪傑。

①大江：指長江。②風流人物：指傑出的歷史名人。③故壘：過去遺留下來的營壘。④周郎：指三國時吳國名將周瑜，字公瑾，吳中皆呼為「周郎」。

CHARM OF A MAIDEN SINGER
Su Shi

The endless river eastward flows;
With its huge waves are gone all those
Gallant heroes of bygone years. West of the ancient fortress
appears
Red Cliff where General Zhou won his early fame
When the Three Kingdoms were in flame.
Rocks tower in the air and waves beat on the shore,
Rolling up a thousand heaps of snow.
To match the land so fair, how many heroes of yore, Had
made great show!

遙想公瑾當年，小喬初嫁了，雄姿英發。羽扇綸巾，談笑間，檣櫓灰飛煙滅。故國神遊，多情應笑我，早生華髮。人生如夢，一樽還酹江月。

⑤檣櫓（ㄑㄧㄤˊㄌㄨˇ）：此代指曹操的水軍戰船。檣，桅杆。櫓，粗形的槳。⑥故國：此指舊地，當年的赤壁戰場。⑦故國神遊，多情應笑我：倒裝句，即「神遊故國，應笑我多情」。⑧樽（ㄗㄨㄣ）：酒器。⑨酹（ㄌㄟˋ）：以酒灑地而祭。此指灑酒酬月，寄託自己的感情。

I fancy General Zhou at the height
Of his success, with a plume fan in hand,
In a silk hood, so brave and bright, Laughing and jesting
with his bride so fair,
While enemy ships were destroyed as planned
Like castles in the air. Should their souls revisit this land,
Sentimental, his bride would laugh to say:
Younger than they,I have my hair turned grey.
Life is but like a dream. O moon,I drink to you who have
seen them on the stream.

江水浩浩蕩蕩地向東流去，滔滔巨浪淘盡千古英雄。舊營壘的西邊，人們都說那就是三國時周瑜與曹操鏖戰的赤壁。陡峭的石壁直聳雲天，如雷的浪濤拍擊著江岸，激起的浪花好似捲起千萬堆白雪。歟，雄偉壯麗的江山奇詭如圖畫，一時間湧現過無數英雄豪傑，只是而今他們又都去了哪裡？

遙想當年的周瑜，正是春風得意時，國色天香的小喬剛剛嫁給他，他英姿奮發，豪氣沖天。手搖羽扇，頭戴綸巾，談笑之間，強敵的戰船已被燒得灰飛煙滅。今日神遊當年的戰場，卻笑我因為多愁善感，過早地生出滿頭白髮，但仍未能像周瑜一樣建功立業。罷了罷了，人生猶如一場春夢，且灑一杯美酒，祭奠那江上的明月。

> 此詞作於宋神宗元豐五年，蘇軾謫居黃州時。由於詩文諷喻新法，蘇軾被新派官僚羅織罪名貶謫，心中充滿憂愁卻又無從述說，索性四處遊山玩水，放鬆心情。機緣巧合之下，蘇軾來到黃州城外的赤壁（鼻）磯，面對眼前壯麗的風景，詞人感觸良多，字裡行間，在追憶三國周瑜無限風光的同時，也感慨著光陰易逝、人生如夢。

滿江紅 · 寫懷 · 怒髮衝冠　岳飛

怒髮衝冠，憑欄處、瀟瀟雨歇。抬望眼，仰天長嘯，
壯懷激烈。三十功名塵與土，八千里路雲和月。莫
等閒、白了少年頭，空悲切。

靖康恥，猶未雪。臣子恨，何時滅。駕長車，踏破
賀蘭山缺。壯志飢餐胡虜肉，笑談渴飲匈奴血。待
從頭、收拾舊山河，朝天闕。

①長嘯：感情激動時撮口發出清而長的聲音，是古人的一種抒情舉
動。②等閒：輕易，隨便。③靖康恥：宋欽宗靖康二年（1127年），
金兵攻陷汴京，虜走徽、欽二帝。④朝天闕：朝見皇帝。天闕：本
指宮殿前的樓觀，此指皇帝生活的地方。

THE RIVER ALL RED
Yue Fei

Wrath sets on end my hair; I lean on railings where
I see the drizzling rain has ceased.
Raising my eyes, Towards the skies, I heave long sighs,
My wrath not yet appeased.
To dust is gone the fame achieved in thirty years;
Like cloud-veiled moon the thousand-mile Plain disappears.
Should youthful heads in vain turn grey, We would regret for aye.

Lost our capitals, What a burning shame!
How can we generals, Quench our vengeful flame!
Driving our chariots of war, we'd go, To break through our
relentless foe.
Valiantly we'd cut off each head; Laughing, we'd drink the blood
they shed.
When we've reconquered our lost land,
In triumph would return our army grand.

眼見得金兵燒殺擄掠的罪行一日甚於一日，我憤怒得頭髮豎了起來，帽子都被頂飛了。獨自登高，憑欄遠眺，一場驟雨剛剛停歇，那些剛剛收復又丟了的失地仍然沉陷在水深火熱之中。抬眼望向高遠的天空，想到生靈塗炭的淪陷區，我忍不住長嘯一聲，卻依舊無法排遣內心的悲憤。這片報效國家的赤心仍然壯烈激蕩，到底，該怎麼才能解民於倒懸，徹徹底底地還他們一個清平世界？三十餘年來，經過沙場上的廝殺打拼，雖已建立了一些功勳，但那些虛名都和塵土一樣，實在微不足道；南北轉戰八千餘里，看過了多少浮雲明月，經歷了多少世事變遷，還有什麼看不真切的？好男兒，當抓緊時間為國建功立業，不要空空把青春消磨，等到年老時徒然悲切。

靖康之變的恥辱，至今尚未洗雪，臣子們的憤恨，到底何時才能泯滅？我滿懷壯志，只想駕著戰車，踏破敵人駐紮在賀蘭山的營壘，夷平賀蘭山山口，餓了就吃敵人的肉，渴了就喝敵人的血。就這麼著吧，且待我振奮精神，一一收復那失去的舊日江山，然後再帶著捷報向朝廷報告勝利的消息！

關於此詞的創作背景，歷來有多種說法。有學者認為此詞約作於宋高宗紹興二年前後，也有人認為作於紹興四年岳飛克復襄陽六郡晉升清遠軍節度使之後。全詞情緒激昂，慷慨壯烈，表現出詞人報國立功的信心和樂觀主義精神。

岳飛，字鵬舉，相州湯陰（今河南湯陰縣）人。他不僅是位列南宋「中興四將」之首的抗金名將，文學造詣也相當高，其代表詞作〈滿江紅・怒髮衝冠〉，筆力雄健，是千古傳頌、膾炙人口的名篇佳構。

點絳唇 · 金谷年年　林逋

金谷年年，亂生春色誰為主？餘花落處，滿地和煙雨。

又是離歌，一闋長亭暮。王孫去，萋萋無數，南北東西路。

①金谷：即金谷園，西晉富豪石崇在洛陽建造的一座奢華別墅。征西將軍祭酒王詡回長安時，石崇曾在此為其餞行，因此成為送別、餞行的代稱。又指生死相伴的情誼。②王孫：古代對貴族公子的尊稱，後來代指出門遠遊之人。這裡指的是作者的朋友。③萋萋（ㄑㄧ）：草茂盛的樣子。

ROUGED LIPS
Lin Bu

In the garden, from year to year,
When spring runs riot, green grass will appear.
The ground covered with fallen blooms,
In mist and rain grass looms.

Again we sing the farewell song,
At dusk in the Pavilion Long.
Gone is my friend.
The grass still grows north, south, east, west without end.

金谷園曾是名噪天下的殊勝所在，卻無奈如今已是年年雜樹橫生、蔓草遍地，可知道這一切都是誰的主張？春色凋零，絢爛的花兒早已紛飛墜落，而今就連枝頭上稀疏的殘花，也都在濛濛細雨中凋落了一地。

冷不防，又聽到一曲傷心離歌，黃昏時分的長亭下，即將分別的人兒在這裡依依不捨地話別。遠遊的人終究還是走了，到最後，那漸行漸遠的背影也慢慢消失了，放眼望去，只見到茂盛的春草漫無目的地朝著四面八方延伸，卻又看不到它的盡頭。

> 林逋終生不趨榮利，獨自隱居於西湖孤山，以種梅養鶴自娛。他高標遺世，但仍渴求著友情的慰藉，張先等人皆時時造訪。此詞借吟詠春草抒寫離愁別緒，表達了詞人滿心的惆悵與不捨。

漁家傲 · 平岸小橋千嶂抱　王安石

平岸小橋千嶂抱，柔藍一水縈花草。茅屋數間窗窈窕。塵不到，時時自有春風掃。

午枕覺來聞語鳥，攲眠似聽朝雞早。忽憶故人今總老。貪夢好，茫然忘了邯鄲道。

①嶂（ㄓㄤˋ）：形如屏風的山。②柔藍：柔和的藍色，多形容水。③縈：縈繞。④攲（ㄧ）眠：斜著身子睡覺。⑤朝雞：袁文《甕牖閒評》卷五：「朝雞者，鳴得絕早，蓋以警入朝之人，故謂之朝雞。」⑥邯鄲道：比喻求取功名之道路，亦指仕途。

PRIDE OF FISHERMEN
Wang Anshi

Surrounded by peaks, a bridge flies from shore to shore;
A soft blue stream flows through flowers before the door.
A few thatched houses with windows I adore.
There comes no dust,
The place is swept by vernal breeze in fitful gusts.

I hear birds twitter when awake from nap at noon;
I wonder in my bed why the cock crows so soon.
Thinking of my friends who have all grown old,
Why indulge in a dream of gold?
Do not forget the way to glory is rough and cold!

峰巒疊嶂，環抱著平岸小橋；河水青碧，縈繞著繁花翠草。竹林幽深秀美，幾間茅舍靜立其中，那小小的窗子煞是窈窕可愛。和煦的春風時時吹拂，把房屋打掃得一乾二淨，連一絲塵埃都看不到。

　　午睡醒來，滿耳貫入的都是婉轉的鳥鳴，像極了當年騎在馬上去早朝時聽到的雞啼聲。忽然想起熟識的故人都已老去，自己當然也不能例外，不過而今的我更貪戀眼下這分閒適的生活，早就把那些建功立業的壯志通通拋諸腦後了。

　　這首詞是王安石晚年的作品，二次罷相隱居金陵後，詞人的心境也漸趨平淡，此間的作品大多清新自然。葉夢得《避暑錄話》記載：「王荊公不愛靜坐，非臥即行。晚卜居鐘山謝公墩，畜一驢，每食罷，必日一至鐘山，縱步山間，倦則即定林而睡，往往至日昃及歸。」這種曠日的遊歷體察，引發詞人創作了大量描寫山光水色的景物詞，此即其中一闋。

　　王安石，字介甫，號半山，撫州臨川（今江西撫州）人，曾主持轟動天下的變法運動。其詩「學杜得其瘦硬」，擅長說理與修辭，晚年詩風含蓄深沉、深婉不迫，以豐神遠韻的風格在北宋詩壇自成一家，世稱「王荊公體」；其詞寫物詠懷弔古，意境空闊蒼茫，形象淡遠純樸，營造出一個士大夫文人特有的情致世界。有《王臨川集》《臨川集拾遺》等作存世。

庭院深深——最美的宋詞英譯新詮

醉蓬萊·對朝雲靉靆　黃庭堅

對朝雲靉靆，暮雨霏微，亂峰相倚。巫峽高唐，鎖楚宮朱翠。畫戟移春，靚妝迎馬，向一川都會。萬里投荒，一身弔影，成何歡意。

①靉靆（ㄞˋㄉㄞˋ）：雲氣濃重之貌。②高唐：戰國時楚王在雲夢澤中所建的高臺。③朱翠：朱顏翠髮，本形容女子美貌，這裡代指美女。④畫戟：塗畫彩飾的戟，是古代的儀仗用物。⑤靚（ㄐㄧㄥˋ）妝：指盛裝華服的女子。⑥都會：指州治所在。⑦投荒：貶謫放逐到偏荒之地。

DRUNK IN THE FAIRYLAND
Huang Tingjian

In the face of heavy morning cloud again
And drizzling evening rain,
Leaning on each other, rugged the hills remain.
The Gorge of Witch and lofty peaks
Lock in the Southern Palace rosy cheeks.
In spring the halberds move in force,
Maids in fair dress welcome heroes on horse,
To the riverside town they go only.
I come to the wasteland a thousand miles away,
With my shadow so lonely.
How can I become cheerful and gay?

醉蓬萊・對朝雲靉靆

盡道黔南，去天尺五，望極神州，萬重煙水。樽酒公堂，有中朝佳士。荔頰紅深，麝臍香滿，醉舞裀歌袂。杜宇聲聲，催人到曉，不如歸是。

⑧弔影：對影自憐，形容孤獨。⑨去天尺五：以距天之近而言地勢之高。漢代民謠：「城南韋杜，去天尺五。」⑩神州：指京城。⑪中朝：朝中。⑫舞裀（一ㄣ）：舞衣。

It is said the Southern land is so high,
It nearly scrapes the sky.
To the capital I stretch my eye,
I see but misty water far and nigh.
When I drank in the hall,
My friends were talents all.
Songstresses sang with rosy face
And dancers danced with grace,
Drunk, they intoxicated the place.
Hearing the cuckoo's home-going song
All the night long,
Could I resist my yearning strong?

這裡的早晨每天都是雲蒸霞蔚，到了傍晚又總會按部就班地下起霏霏細雨，群峰攢立相倚，就籠罩在這片氤氳的霧靄之中。站在巫山縣的城樓上，遙望古老的高唐觀，回味著楚王與神女相會的故事，有誰還記得那裡曾經住著楚宮的朱翠佳人？明媚的春光下，官府的儀仗隊突然出現在人群中，和早已守在路邊迎接馬隊的靓妝艷服的歌伎舞女們，一起簇擁著他朝城中迤邐而去。面對這樣的景象，心情該是豁達開朗的，可自己明明是被貶謫放逐到這偏荒之地，終日裡對影自憐，又有什麼值得高興的？

　　都說抵達黔州之後，山愈高，勢愈險，距天只有五尺遠，放眼望去，卻再也無法看到京城的影子，落入眼簾的唯有阻斷了回歸之路的千重山萬重水。而今，巫山縣的地方官特地為他擺酒接風，歡宴於公堂之上，伎人們個個面頰紅潤，周身漫溢著馥郁的麝香氣味，輕歌曼舞，更兼醉意朦朧，怎一個歡字形容得盡？可惜，這些歡樂都不屬他，聽著窗外的杜鵑聲聲叫喚著「不如歸去」，一直持續到天明，他也更加清楚地知道，在這裡陪伴著他的終不過只是一分無法排遣的孤獨罷了。

　　　　紹聖二年，黃庭堅被指控由其撰修的《神宗實錄》失實多誣，貶為涪州別駕黔州安置，此詞當是他赴黔途中經過夔州巫山縣時所作。

鷓鴣天 · 東陽道中 ·
撲面征塵去路遙　辛棄疾

撲面征塵去路遙，香篝漸覺水沉銷。山無重數周遭
碧，花不知名分外嬌。

人歷歷，馬蕭蕭，旌旗又過小紅橋。愁邊剩有相思
句，搖斷吟鞭碧玉梢。

①征塵：征途上揚起的塵土。②香篝（ㄍㄡ）：一種燃香料的籠子。
③水沉：即沉香。④銷：消退。⑤歷歷：清楚明白，分明可數。
⑥蕭蕭：馬長聲鳴叫。⑦愁邊：苦苦思索。⑧剩有：盡有。⑨碧玉梢：
指馬鞭用碧玉寶石飾成，比喻馬鞭的華貴。

Partridges in the Sky
On the Way to Dongyang
Xin Qiji

Facing the dust,I have to go a long, long way;
I feel the incense in the censer burned away.
Countless green hills around me undulate;
Nameless flowers all the more fascinate.

Men go their way
And horses neigh.
Flags pass the small red bridge again.
Searching nostalgic lines with might and main.
I flip my singing whip till it breaks off its tips.

香爐裡燃燒的水沉香就快熄滅了，舉目遠望，征人遠去揚起的塵土彷彿就在眼前，正隨同屋裡繚繞的青煙一起撲面而來，而她對他的掛念也變得愈來愈深。山高水長，路途遙遙，也不知他猴年馬月才能回歸故里。因為想他，她總是抬起頭望向遠處那些被綠樹和野草覆蓋的數也數不清的層巒疊嶂，想要穿過重重阻礙，任由思念的目光抵達他的身邊，然而望來望去，望到的也只有山野中長滿的各種不知名的卻又分外嬌豔的花兒。

放眼望去，士兵們的身影歷歷在目，戰馬在引頸長嘯，威武雄壯的儀仗隊已經高舉著勝利的旌旗又躍過了前面的小紅橋。戍邊在外，滿腹的離愁別恨，無邊的惆悵憂傷，以及對她不盡的想念，到此時，都化作了相思的詩句，被一句句地吟誦，一而再，再而三。此時此刻，因為想她，他一邊吟詩，一邊用力地揮起馬鞭催馬快走，由於用力太猛，竟甩斷了馬鞭上的碧玉梢。

這首詞創作於宋孝宗淳熙五年，詞人任大理少卿時期。辛棄疾的詞作多是表達壯志難酬、不能殺敵報國的無奈與憤懣，寫景抒情之作鮮見。此篇代人所作，全詞婉約其外豪放其中，筆致流利而不纖弱，情緒纏綿而不哀怨，雖在辛詞中屬別調，卻與一般婉約詞的旨趣大不相同。上片以女子的口吻來寫，下片則以男子的口吻來寫，兩相呼應，鮮明地刻畫出一對癡心戀人真摯深厚的情意。

水調歌頭・金山觀月・江山自雄麗

張孝祥

江山自雄麗，風露與高寒。寄聲月姊，借我玉鑒此中看。幽壑魚龍悲嘯，倒影星辰搖動，海氣夜漫漫。湧起白銀闕，危駐紫金山。

①高寒：指月光；月亮。②海氣：海面上或江面上的霧氣。

PRELUDE TO WATER MELODY THE MOON VIEWED ON GOLDEN HILL

Zhang Xiaoxiang

The lofty mountain stands in view, When wind is high and cold is dew.

I'd ask the Goddess of the Moon, To lend me her jade mirror soon

To see in deep water fish and dragon sigh

And stars shiver as if fallen from on high.

The boundless sea mingles her breath with boundless night.

On the waves surges the palace silver-white;

The Golden Hill Temple frowns on the height.

庭院深深——最美的宋詞英譯新詮

表獨立，飛霞佩，切雲冠。漱冰濯雪，眇視萬里一毫端。回首三山何處，聞道群仙笑我，要我欲俱還。揮手從此去，翳鳳更驂鸞。

③飛霞佩：指仙人的服飾。④切雲冠：一種高冠的名稱。切雲，形容十分高聳。⑤眇（ㄇㄧㄠˇ）視：仔細觀看。⑥毫端：毫毛的末端。比喻極微小的部分。⑦三山：神話傳說中，東海中仙人所居住的三座山。⑧翳（ㄧˋ）鳳：以鳳羽為車蓋。⑨驂（ㄘㄢ）鸞：謂仙人駕馭鸞鳥雲遊。

Alone it towers high, Girt with a rainbow bright,
Its crown would scrape the sky. With ice and snow purified,
It overlooks the boundless land far and wide.
Looking back; where are the fairy hills two or three?
The immortals may laugh at me; They ask me to go with
them to the sea.
Waving my hand, I'll leave the land, With a phoenix as my
canopy.

趁夜登臨金山寺，忍受著風露與嚴寒，只為欣賞金山雄偉壯麗的景色。舉頭望月，忍不住想要給月亮捎句話，請問月姊你能否借我一面玉鏡，好讓我看清這月下綺麗的美景？魚龍在深谷裡悲嘯長鳴，經久不絕，倒映在水面上的星辰，也隨著微漾的波紋上下搖盪，漫長的黑夜彌漫著自大海深處湧來的水霧。凝眸，月光下的金山寺彷彿自波濤中噴湧而出，高高屹立在金山之巔，說它是白銀裝飾的水晶宮闕也不為過。

衣飾飛霞佩，頭戴切雲冠，我自遺世獨立地俯視著這蒼茫大地。月光如冰雪般潔白，把整個世界都照耀得通透明澈，那萬里之外的景物，即便纖若毫髮，也都能看得一清二楚。回首遙望海上的三座神山，神仙們好似一個個地都在望著我笑，並邀我與他們同遊那縹緲的清虛世界。還等什麼呢？索性揮揮手，乘著那由鸞鳥駕駛、以鳳羽作華蓋的馬車，迅即揚長而去。

> 此詞是張孝祥在宋孝宗乾道三年三月中旬舟過金山時，夜觀月色有感而作。金山在江蘇鎮江，宋時矗立在長江之中，後因泥沙沖積，遂與南岸毗連。全詞運用豐富的想像和獨特的構思，虛實結合，情景交融，別開生面地創造出一種浪漫的藝術境界，彰顯出詞人脫俗的才氣和曠達的心胸。

張孝祥，字安國，別號於湖居士，曆陽烏江（今安徽和縣烏江鎮）人，唐代著名詩人張籍七世孫。狀元及第，善詩文，尤工詞，風格宏偉豪放，為「豪放派」代表詞人，有《於湖居士文集》《於湖詞》等傳世。

卜算子・蘭・松竹翠蘿寒　曹組

松竹翠蘿寒，遲日江山暮。幽徑無人獨自芳，此恨
憑誰訴？

似共梅花語，尚有尋芳侶。著意聞時不肯香，香在
無心處。

SONG OF DIVINATION
Cao Zu

You are cold among pines, bamboos and vines.
When over the land the setting sun shines.
Alone you're fragrant on a lonely lane.
To whom of your loneliness can you complain?

With the mume blossoms you may speak,
Whom lovers of flowers might seek.
But you would not exude fragrance to please;
It can't be sought for as the breeze.

日落黃昏，暮色蒼茫，山中的松竹和翠蘿都籠罩在料峭的春寒裡。幽靜的小路邊，蘭花獨自綻放著芳姿，可惜無人來賞，它又能向誰訴說心中的怨恨與不滿？

這冰心雪操的幽蘭，彷彿只有高潔的梅花才可與之共語，它又哪裡知道，在這寂寞空曠的深山中，竟也會出現我這樣喜歡尋芳探幽的素心人。與之接觸久了，便會發現它的清傲，如果特意去嗅它，就會覺得它一點也不香，唯有在不經意的時候，才能感受到它清幽的芳香。

此詞既寫出了幽蘭淡遠清曠的風韻，又以象徵、擬人和暗喻的手法，寄託了詞人對隱士節操的崇仰，流露出其嚮往出世、歸隱的心態。

曹組，字彥章，潁昌（今河南許昌）人，一說陽翟（今河南禹縣）人。因占對才敏，深得宋徽宗寵幸，奉詔作《艮嶽百詠》詩。存詞三十六首，近人趙萬里編為《箕潁詞》，以「側豔」和「滑稽下俚」著稱，在北宋末年傳唱一時。

酒泉子 · 長憶西湖　潘閬

長憶西湖，盡日憑闌樓上望：三三兩兩釣魚舟，島嶼正清秋。

笛聲依約蘆花裡，白鳥成行忽驚起。別來閒整釣魚竿，思入水雲寒。

①島嶼：指湖中三潭印月、阮公墩和孤山三島。②依約：隱隱約約。

FOUNTAIN OF WINE
Pan Lang

I still remember West Lake,
Where, leaning on the rails,I gazed without a break.
Oh fishing boats in twos and threes
And islets in clear autumn breeze.

Among flowering reeds faint flute-songs rose,
Startled white birds took flight in rows.
Since I left, I've repaired my fishing rod at leisure,
Thoughts of waves and clouds thrill me with pleasure.

常常想起在西湖邊逍遙快活的日子，有時候幾乎一整天都扶著欄杆站在高樓上，遠眺那湖光山色的景象。總會看到漁人們駕著三三兩兩的小舟飄蕩在水面上垂釣，他們身後的孤山，天高雲淡，盡情彰顯出清秋時節的本色。

悠揚的笛聲，隱隱約約地從蘆花蕩裡傳出，迅即驚動了在那裡棲息的白鷺，它們紛紛撲打著翅膀躍上藍天，排列成行地飛向遠處。啊，西湖的美景總使我豔羨神往，所以在離開它的日子裡，我總會取出魚竿修整一番，任思緒隨同垂釣的人們飄飛到那清涼爽闊的湖面上去。

潘閬共作〈酒泉子〉十首，吟詠錢塘風物，每首詞都以「長憶」起句，是宋詞中最早的組詞。把山水形勝作為詞作的描寫重點，潘閬可以說是早期嘗試者。此篇寫西湖美景，全詞畫面恬淡，意蘊流轉，表現了潘閬對西湖獨特的情愫，因詞人曾數次遭遇貶謫，漂泊林泉多年，所以字裡行間又充滿了出塵的思想。

潘閬，字夢空，號逍遙子，大名（今屬河北）人。性格疏狂，曾兩次坐事亡命，有詩名，風格類孟郊、賈島，亦工詞，今僅存〈酒泉子〉十首。與寇準、錢易、王禹偁、林逋、許洞等交遊唱和，著有《逍遙詞》。

酒泉子 · 長憶西山　潘閬

長憶西山，靈隱寺前三竺後，冷泉亭上舊曾遊，三伏似清秋。

白猿時見攀高樹，長嘯一聲何處去？別來幾向畫圖看，終是欠峰巒。

FOUNTAIN OF WINE
Pan Lang

I still remember West Mountain:
Three bamboo groves in front, shady temple in rear.
I've visited the Pavilion of Cold Fountain,
Where summer's cool as autumn clear.

I've often seen white apes climb up high trees.
Where are they gone after long, long cry?
Can I find West Mountain in the picture, please?
The painted mountain has no real peaks high.

常常想起西山的風光，前有靈隱寺，後有三天竺，飛來峰下的冷泉亭我也曾遊覽過。那裡的氣候清爽怡人，哪怕是三伏天，也倍感涼爽，仿若置身於清秋季節。

在那裡，我還時常看到攀上高樹的白猿，只可惜每次都是一聲長嘯後便迅即不見了蹤影，也不知道究竟去了哪裡。離開西山後，也曾多次將眼中所見的美景一一畫在紙箋上，但遺憾的是，始終都覺得畫中的峰巒欠缺了幾分真實的味道。

潘閬被貶後曾寓居錢塘，宋真宗時起復為官，後來再也沒有回過杭州。他「長憶」而唱〈酒泉子〉，當為復官時所作。該詞歌詠杭州西山，詞意含蓄沉穩，繪景採用白描、想像和反襯等表現手法，清幽瑰美，栩栩如生。

玉樓春・春景・東城漸覺風光好　　宋祁

東城漸覺風光好，縠皺波紋迎客棹。綠楊煙外曉寒輕，紅杏枝頭春意鬧。

浮生長恨歡娛少，肯愛千金輕一笑。為君持酒勸斜陽，且向花間留晚照。

①縠皺波紋：縠（ㄏㄨˊ），形容波紋細如皺紗。縠皺，即皺紗，有皺褶的紗。②肯愛：豈肯吝惜，即不吝惜。③晚照：夕陽的餘暉。

SPRING IN JADE PAVILION
Song Qi

The scenery is getting fine east of the town;
The rippling water greets boats rowing up and down.
Beyond green willows morning chill is growing mild;
On pink apricot branches spring is running wild.

In our floating life scarce are pleasures we seek after.
How can we value gold above a hearty laughter?
I raise wine cup to ask the slanting sun to stay
And leave among the flowers its departing ray.

信步在東城漫遊，只覺得眼前的風光越來越美，那皺紗般的水波上，木槳輕划，船兒慢搖，載著遊人幾多歡喜。碧綠的柳枝茂密如煙，在薄薄的晨霧中尚餘幾分輕寒；粉紅的杏花熱鬧地堆滿枝頭，引得蜂飛蝶舞，一派盎然春意。

總是抱怨人生短暫歡娛太少，誰又肯用千金換得會心的一笑？就讓我為你端起斟滿美酒的酒杯，望向那即將西沉的斜陽，請它放慢歸去的腳步，再在美麗的花叢中多停留一會吧！

宋仁宗嘉祐五年，宋祁和歐陽修合撰的《新唐書》歷時十餘載終告完成，宋祁亦因撰書有功遷左丞，進工部尚書。此篇當作於宋祁任尚書期間，全詞收放自如，用語華麗而不輕佻，言情直率而不扭捏，著墨不多而描景生動，把對時光的留戀、對美好人生的珍惜寫得韻味十足，是當時譽滿詞壇的名作。

宋祁，字子京，小字選郎，雍丘（今河南商丘民權縣）人。北宋天聖二年，與胞兄宋庠同舉進士，禮部本擬定宋祁第一、宋庠第三，但章獻皇后覺得弟弟不能超越兄長，遂定宋庠為狀元，而把宋祁放在第十位，時稱「二宋」。曾與歐陽修等合修《新唐書》，詩詞語言工麗，因〈玉樓春〉詞中有「紅杏枝頭春意鬧」句，世稱「紅杏尚書」。

西江月・世事短如春夢　朱敦儒

世事短如春夢，人情薄似秋雲。不須計較苦勞心，
萬事原來有命。

幸遇三杯酒好，況逢一朵花新。片時歡笑且相親，
明日陰晴未定。

The Moon over the West River
Zhu Dunru

Life is as short as a spring dream;
Love is fleeting like autumn stream.
Don't on gain or loss speculate!
We can't avoid our fate.

I'm lucky to have three cups of good wine.
What's more,I can enjoy fresh flower.
Make merry in laughter for an hour.
Who knows if tomorrow it will be fine.

世事短暫，恰如春夢，轉瞬即逝。人情淡薄，彷彿秋雲，纖薄稀疏。不要計較自己付出的辛勤勞苦比別人多，萬事萬物都有它注定的命運，任誰也改變不了。

今天有幸碰上三杯好酒，又看見一朵新綻開的鮮花，心情自是舒暢爽朗。片刻的歡欣總是能夠讓人感到親切，至於明天又會怎樣誰也沒法知道，那就做一天和尚撞一天鐘，得過且過好了。

紹興十六年，秦檜等人陷害李光等主戰派，朱敦儒因「與李光交通」被罷官，紹興十九年致仕後一直在嘉禾（今浙江嘉興）隱居。紹興二十五年，詞人以七十五歲高齡被秦檜起用為鴻臚少卿，但起用不到一個月，因為秦檜突然死去，第二天他就被罷免致仕，而這次罷官則成為他一生的大污點。

此後，朱敦儒便在嘉禾城南放鶴洲築別墅閒居，創作了一系列反映鄉野生活情趣的詞作，此詞即是其中一首，表現了詞人暮年對世情的徹悟，並流露出閒適曠遠的風致。

朱敦儒，字希真，洛陽人，有「詞俊」之名，與「詩俊」陳與義等並稱「洛中八俊」。在兩宋詞史上，能比較完整地表現出自我一生行藏出處、心態情感變化的，除朱敦儒之外，就只有後來的辛棄疾。著有《岩壑老人詩文》，已佚；今存詞集《樵歌》，也稱《太平樵歌》，其詞語言流暢，清新自然。

水調歌頭 · 把酒對斜日　楊炎正

把酒對斜日，無語問西風。胭脂何事，都做顏色染
芙蓉。放眼暮江千頃，中有離愁萬斛，無處落征鴻。
天在闌干角，人倚醉醒中。

①芙蓉：荷花。此指秋荷。②征：遠行。

PRELUDE TO WATER MELODY
Yang Yanzheng

Wine cup in hand, I face the slanting sun；
Silent, I ask what the western wind has done.
Why should the rouge redden lotus in dye？
I stretch my eye, To see the evening river far and wide,
Brimming with parting grief, Beyond belief,
Where no message-bearing wild geese can alight.
Beyond the balustrade extends the sky.
I lean on it, halfdrunk and halfawake.

水調歌頭・把酒對斜日

千萬里，江南北，浙西東。吾生如寄，尚想三徑菊花叢。誰是中州豪傑，借我五湖舟楫，去作釣魚翁。故國且回首，此意莫匆匆。

③三徑：原指陶淵明歸隱回到家園後，見到道路荒蕪，然松菊尚存的情形。典出陶淵明〈歸去來兮辭〉。後遂用陶潛三徑來比喻歸隱或厭官思歸。④中州：中原地區。

For miles and more, Over the north and south
Of the river mouth, And east and west of the river shore,
I roam like a parasite.
Thinking of the chrysanthemums along the pathways,
Who is so generous in those days
To lend me a boat to float on the lake, Or fish by riverside?
Turning my head to gaze on the lost land,
How could I, doing nothing, here stand!

舉起手中的酒杯，望向日漸西斜的夕陽，我默無一語，卻在心裡偷偷問西風，胭脂到底為什麼，偏生要充當顏料，染紅這滿塘芙蕖？放眼望去，這被暮色籠罩的千頃江水，怕不是盛滿了萬斛的離愁別恨，要不怎麼就沒有方寸的地方讓遠飛的鴻雁停下來歇一歇腳呢？四顧茫茫，唯有透過欄杆的一角還可望見一線天光，我便倚著欄杆繼續沉浸在半醉半醒的狀態中，蹉跎著度過一天。

　　這半生風雨飄搖，漂泊不定，我已浪跡於江南江北、浙西浙東，走過了千萬里的路程。人生短促，我也想像陶淵明那樣，每日都閒步在三徑菊叢邊，叵耐終日忙忙碌碌，又不能夠那麼悠閒。試問誰是中原豪傑，請借我一葉扁舟任我浮泛五湖，從此便做他個釣魚翁，然，淪陷的家國還沒有收復，我又怎能萌生退意？回首望向尚未光復的故國，我的心莫名地疼痛起來，這歸隱田園的願景還是暫且丟到一邊吧！

　　　　楊炎正是力主抗金的志士，叵耐朝廷施行投降政策，詞人空有卓越的才能和遠大的抱負卻無從施展，此詞正是在這種背景下創作。全詞開合張弛，用抑揚頓挫的筆調表達出行藏難定的彷徨心情和鬱鬱不得志的苦悶，格調沉鬱而不乏俊逸風致。

　　楊炎正，字濟翁，廬陵（今江西吉安）人，楊萬里族弟，與辛棄疾交誼甚厚。工詞，有《西樵語業》一卷存世，《四庫總目提要》稱其詞「縱橫排之氣，雖不足敵棄疾，而屏絕纖穠，自抒清俊，要非俗豔所可擬」。

臨江仙‧夜登小閣憶洛中舊遊‧憶昔午橋橋上飲　陳與義

憶昔午橋橋上飲，坐中多是豪英。長溝流月去無聲。杏花疏影裡，吹笛到天明。

二十餘年如一夢，此身雖在堪驚。閒登小閣看新晴。古今多少事，漁唱起三更。

①午橋：在洛陽南面。②長溝流月：月光隨著流水悄悄地消逝。③疏影：稀疏的影子。④堪驚：總是心戰膽跳。⑤漁唱：打魚人編的歌。

RIVERSIDE DAFFODILS
Chen Yuyi

I still remember drinking on the Bridge of Noon
With bright wits of the day.
The silent moon
On endless river rolled away.
In lacy shadows cast by apricot flowers
We played our flutes till morning hours.

O'er twenty years have passed like dreams;
It is a wonder that I'm still alive.
Carefree,I mount the tower bathed in moonbeams.
So many things passed long
Ago survive
Only in fishermen's midnight song.

憶當年在午橋上暢飲，與座的大多是名震一時的英雄豪傑。月光倒映在溪面上，隨流水悄悄流逝，有人在杏花疏淡的影子裡，悠悠緩緩地吹起了竹笛，直到天明。

光陰似箭，彈指一揮間，二十餘年倏忽而過，彷彿經歷了一場春夢，我雖身還健在，但回首往昔仍感心驚，一切的一切，無不匆促得讓人懷疑是否真的存在過。百無聊賴中登上小閣樓，遠眺新雨初晴後的景致，卻歎古往今來多少興衰往事，都只能被漁人在三更裡當成漁歌來唱，不知道而今我們所經歷的一切，經年之後，會不會也被編成一支支漁歌唱響在天際呢？

這首詞大約在宋高宗紹興五年或六年，詞人退居青墩鎮僧舍時所作。陳與義是洛陽人，此詞追憶二十餘年前的洛中舊遊，對應的時間應是宋徽宗政和年間，那時天下還承平無事，可以有遊賞之樂，而當時的作者，更是「天資卓偉，為兒時已能作文，致名譽，流輩斂衽，莫敢與抗」。其後金兵南下，北宋滅亡，陳與義流離逃難，備嘗艱辛，而南宋朝廷在播遷之後僅能自立，所以詞人在回首往事時，念今非昔比，自是百感交集。

陳與義，字去非，號簡齋，洛陽人。詩尊杜甫，號為「詩俊」；同時工於填詞，儘管現存詞作僅有十九首，但語意超絕，筆力遒勁，豪放處尤近於蘇軾。著有《簡齋集》存世。

離亭燕·一帶江山如畫　張昇

一帶江山如畫，風物向秋瀟灑。水浸碧天何處斷？
霽色冷光相射。蓼嶼荻花洲，掩映竹籬茅舍。
雲際客帆高掛，煙外酒旗低亞。多少六朝興廢事，
盡入漁樵閒話。悵望倚層樓，寒日無言西下。

①一帶：此指金陵（今南京）一帶地區。②霽（ㄐㄧˋ）色：雨後初晴的景色。③冷光：秋水反射出的波光。④蓼（ㄌㄧㄠˇ）嶼：指長滿蓼花的高地。⑤低亞：低垂。⑥漁樵：漁翁樵夫。代指普通老百姓。

SWALLOWS LEAVING PAVILION
Zhang Bian

So picturesque the land by riverside,
In autumn tints the scenery is purified.
Without a break green waves merge into azure sky,
The sunbeams after rain take chilly dye.
Bamboo fence dimly seen amid the reeds
And thatch-roofed cottages overgrown with weeds.

Among white clouds are lost white sails,
And where smoke coils up slow,
There wineshop streamers hang low.
How many of the fisherman's and woodman's tales
Are told about the Six Dynasties' fall and rise!
Saddened,I lean upon the tower's rails,
Mutely the sun turns cold and sinks in western skies.

庭院深深——最美的宋詞英譯新詮

金陵一帶自古風光秀美如畫，每到秋日，景象更是清新自然。放眼望去，雨後初晴的天色與秋波閃爍的冷光交相輝映，水連著天，天接著水，卻不知何處是它們的盡頭。遠處，蓼草與荻花叢生的小島上，隱約可見到幾間竹籬環繞的草舍，那裡可有避世的高人出沒？

波光瀲灩的江水中，客船上的風帆彷彿高掛在縹緲的雲端；煙波浩渺的江畔，酒家門前的酒旗低垂在繚繞的煙霧外。那些有關六朝興亡的故事，如今已成為漁人樵夫茶餘飯後閒談的話題，早已變了原來的模樣。倚在高樓上獨自遙望，但見淒冷的太陽默默向西下沉，無法不讓人感受到一種極致的蒼涼與惶惑。

> 根據南宋范公偁《過庭錄》所載，這首詞是張昇退居江南後所作。張昇在退居以前，經歷了宋真宗、仁宗兩代，退居江南時期，又經歷了宋英宗、神宗兩朝，此間北宋帝國由盛到衰，積貧積弱的形勢越來越嚴重，此作看似寫景惜古，實則飽含著詞人對國勢的關切。

張昇，字杲卿，同州韓城（今陝西韓城）人，官至御史中丞、參知政事兼樞密使，以太子太師致仕。在朝數十年，不論是變法派范仲淹，還是保守派司馬光，不論是同僚，還是皇帝，都對他的德才給予很高的評價。詞作僅存兩首，其中〈離亭燕〉詠景懷古，蒼涼不失浪漫，被《三國演義》作為開篇詞使用的明人楊慎名作〈臨江仙・滾滾長江東逝水〉，便是從此篇中受到啟發而借鑒創作。

江城子．密州出獵．老夫聊發少年狂

蘇軾

老夫聊發少年狂，左牽黃，右擎蒼。錦帽貂裘，千
騎卷平岡。為報傾城隨太守，親射虎，看孫郎。

酒酣胸膽尚開張，鬢微霜，又何妨？持節雲中，何
日遣馮唐？會挽雕弓如滿月，西北望，射天狼。

①聊：姑且，暫且。②左牽黃，右擎蒼：左手牽著黃犬，右臂擎著
蒼鷹，形容圍獵時用以追捕獵物的架勢。③傾城：全城的人都出來
了。形容隨觀者之眾。④太守：指作者自己。⑤孫郎：孫權。作者
借以自喻。⑥節：古代皇帝派遣的使臣攜帶的憑證。⑦雲中：漢時
郡名。⑧馮唐：漢文帝時候的一個老年的郎官。當時雲中太守魏尚
防禦匈奴功勞很大，卻因為小過失受到重罰，馮唐向皇帝直言勸說，
皇帝便派他去赦免魏尚的罪，復任雲中太守。蘇軾這時也是太守，
在政治上處境也不甚得意，故以魏尚自許，希望能得到朝廷的信任，
改變處境。⑨會：定將。⑩天狼：天狼星，此隱指西夏。

RIVERSIDE TOWN

Su Shi

Rejuvenated, I my fiery zeal display;
On left hand leash, a yellow hound, On right hand wrist, a
falcon grey.
A thousand silk-capped, sable-coated horsemen sweep
Across the rising ground, And hillocks steep.
Townspeople pour out of the city gate
To watch the tiger-hunting magistrate.

Heart gladdened with strong wine, who cares
About a few new-frosted hairs? When will the court imperial
send
An envoy to recall the exile? Then I'll bend
My bow like a full moon, and aiming northwest, I
Will shoot down the fierce Wolf from the sky.

庭院深深——最美的宋詞英譯新詮

今天，老夫我姑且抒發一下少年人才有的狂傲之氣，左手牽著黃狗，右手托著蒼鷹，威風凜凜地帶著隨從出獵。隨行的將士們個個頭戴錦帽，身穿貂裘，浩浩蕩蕩的大部隊彷彿疾風一樣，迅速席捲了平坦的山岡。為報答全城的老百姓都來追隨我，我一定要像孫權一樣，親自射殺一頭老虎給大家看看。

喝酒喝到興頭上時，我的胸懷變得更加開闊，我的膽氣變得更加張揚。即使頭髮已經微白，又有什麼關係？朝廷什麼時候才能派人拿著符節來密州赦免我的罪呢？到那時，我定當拉開弓箭，使之呈現滿月的形狀，瞄準西北，把象徵西夏的天狼星射下來。

　　這是宋人較早抒發愛國情懷的一首豪放詞，在題材和意旨上都具有開拓意義，作於神宗熙寧八年，詞人時任密州知州。蘇軾因此詞有別於「柳七郎（柳永）風味」而頗為得意，他曾致書鮮于子駿表達這種自喜：「近卻頗作小詞，雖無柳七郎風味，亦自是一家，數日前獵於郊外，所獲頗多。作得一闋，令東州壯士抵掌頓足而歌之，吹笛擊鼓以為節，頗壯觀也。」

行走在江湖與朝堂之間：蘇軾

　　蘇軾行文縱橫恣肆，不拘一格。詩作題材廣闊，清新豪健，善用誇張比喻，獨具風格，與黃庭堅並稱「蘇黃」；詞作開豪放一派，與辛棄疾同為豪放派代表，並稱「蘇辛」；散文著述更是恢宏富麗、豪放自如，與歐陽修並稱「歐蘇」，更與父親蘇洵、弟弟蘇轍同居「唐宋八大家」之列；書法也不遑多讓，擅寫行書、楷書，與黃庭堅、米芾、蔡襄並稱為「宋四家」；至於繪畫，則擅長墨竹、怪石、枯木等「士人畫」，重視神似，主張畫外有情，提倡「詩畫本一律，天工與清新」，為日後「文人畫」的發展奠定了理論基礎。

　　他生性放達，為人率真，深得道家風範，且興趣廣泛，一生好交友、好美食、好品茗，亦雅好遊山玩水。他才高八斗、學貫古今，二十歲那年和胞弟蘇轍一起跟隨父親蘇洵出川赴京趕考，並在次年的應試中，以清新灑脫的文風得到文壇泰斗歐陽修的青睞。其時，他寫了一篇〈刑賞忠厚之至論〉的論文，很快就得到有著「詩壇宿將」之譽的考官梅堯臣的賞識，並將之推薦給主試官歐陽修，使他從無數考生中迅速脫穎而出。歐陽修看了他的文章後十分讚賞他的才氣，欲擢為第一，但又生怕該文為自己門生曾鞏所作，為避嫌，只好將其屈居第二，結果待試卷拆封後才發現該文為蘇軾所作，後來等到禮部複試時，他再以〈春秋對義〉進呈，便毫無懸念地被取為第一。歐陽修對他縱橫的才氣和豪邁的情懷特別欣賞，逢人就說：「此人可謂善讀書，善用書，他日文章必獨步天下。」在歐陽修一再稱許下，他聲名大噪，每有新作問世，立刻就會傳遍京師。

　　他少年得志，與其良好的家庭環境是分不開的，其父蘇洵儘管大器晚成、不善交際，但卻是認認真真做學問的

人，有著第一流的才學，其母程氏亦喜讀書、識大義，由這樣的父母教導出的兒子又能差到哪裡去？在歐陽修不吝美言的提攜下，蘇軾二字成為當世才子的典範，然而就在他準備以濟世之才在官場上有一番作為的時候，母親程氏和父親蘇洵卻先後病逝，他不得不和弟弟蘇轍一起還鄉守制，待再度回到朝堂上時，天下已不復是他剛剛出仕時的「平和世界」。

震動朝野的王安石變法正式拉開了序幕，蘇軾的很多師友，包括對他有知遇之恩的歐陽修，都因反對新法，與新任宰相王安石政見不合，紛紛被迫離開汴京。客觀地說，蘇軾跟王安石並不存在任何個人恩怨，縱觀歷史，他倆還有點惺惺相惜的意思，只可惜，不同的政治理念，愣是把這兩個文壇中樞推到了對立的位置。為表達自己不同的政見以及對新法的不滿，熙寧四年，蘇軾果斷上書談論新法的弊病，要求罷黜新法，由此惹惱銳意改革的王安石，並授意御史謝景在神宗面前陳說蘇軾的過失。宋神宗乃一代明君，一心想透過變法強國的他，從一開始就是王安石背後的堅定支持者，所以蘇軾的上書自然發揮不了任何作用，但他也沒有因為御史對蘇軾的彈劾就降罪於其，可蘇軾自己卻感到不安了，此時的朝堂舊雨凋零，幾乎已成為新黨天下，索性主動請求出京任職，很快便被授為杭州通判。

自外放杭州開始，九年之內，他調遷頻繁，從杭州通判，到密州知州，到徐州知州，再到湖州知州，儘管遠離權力中心，但他每至一個地方，都會大力革新除弊，因法便民，頗有政績，受到轄下老百姓的愛戴與敬重。然而，讓他始料不及的是，就在他勵精圖治之際，禍事也跟著接踵

而來。調任湖州後，他給神宗寫了一封〈湖州謝表〉，這本是例行公事，但詩人的毛病，筆端常帶感情，即便官樣文章也帶著個人色彩，說什麼自己「愚不適時，難以追陪新進」「老不生事或能牧養小民」，這些話甫一出口，就被朝堂上早就看他不順眼的新黨利用，立即抓著他的把柄不放，說他諷刺政府，莽撞無禮，對皇帝不忠，甚至還從他大量詩作中挑出他們認為隱含譏諷之意的句子作為輔證，一時間，朝廷上下一片倒蘇之聲。就這樣，到任湖州才三個月的蘇軾就被御史臺的吏卒逮捕並解往京師，受牽連者達數十人之眾，這便是北宋著名的「烏臺詩案」。

掌握朝政的新黨成員一心欲置他於死地，而這些就連跟他因政見不同有過齟齬的新黨領袖王安石也看不下去了。其時，王安石已致仕歸隱金陵，為救他於水火之中，上書神宗說：「安有聖世而殺才士乎？」這場詩案才得以結案，下獄一百零三日險遭殺身之禍的他亦得到從輕發落，只被貶為黃州團練副使。自此一劫後，他心灰意冷，終日流連在山水間吟風賞月，寫下〈赤壁賦〉〈後赤壁賦〉〈念奴嬌·赤壁懷古〉等千古名篇，公務之餘更帶領家人在城東開墾出一塊坡地，種田以幫補生計，「東坡居士」的別號便是這個時候起的。

然而，一切都沒有結束。元豐八年，宋哲宗即位，高太后以哲宗年幼為名，臨朝聽政，舊黨領袖司馬光重新被啟

用為相，蘇軾復為朝奉郎知登州，四個月後，以禮部郎中被召還朝。在朝半月，他先是升為起居舍人，三個月後，又升為中書舍人，不久，再升為翰林學士、知制誥，知禮部貢舉，官做得越來越大。可他心裡仍是不快樂的，當看到新興勢力拚命打壓新黨人物、盡廢新法後，再次向朝廷提出諫議，對舊黨執政後暴露出的腐敗現象進行了嚴厲抨擊，最終遭到保守勢力的排擠與陷害，至此，他既不能容於新黨，又不能見諒於舊黨，因而再度自求外調，以龍圖閣學士的身分出知杭州。

就這樣，在舊黨執政的天下，他又走馬燈似的不停地變換外放官職，從杭州，到潁州，到揚州，到定州，直到高太后去世，新黨再度執政，他又被視為舊黨中樞，先後貶至廣東惠州和海南儋州。有宋一代，放逐海南是僅比滿門抄斬罪輕一等的處罰，但他卻把儋州當成了自己的第二故鄉，在那裡辦學堂，糾學風，很多中原人都不遠千里追至儋州，從他求學。宋徽宗即位後，他又相繼被調為廉州安置、舒州團練副使、永州安置，直到元符三年四月朝廷頒行大赦，才復任朝奉郎。然而，那時那刻的他已經心力交瘁了，他老了，再也折騰不起，不想再浪跡於江湖，更不願再執政朝堂，天遂人願，北歸途中，他在常州逝世，享年六十五歲，帶走了一生的輝煌，也帶走了一生的遺憾。

5

第五章
夜雨陳酒

NIGHT RAIN AND OLD WINE ARE THE MOST UNFORGETTABLE MEMORIES

醜奴兒 · 書博山道中壁 · 少年不識愁滋味　辛棄疾

少年不識愁滋味，愛上層樓。愛上層樓，為賦新詞強說愁。

而今識盡愁滋味，欲說還休。欲說還休，卻道天涼好個秋！

Song of Ugly Slave
Xin Qiji

Wile young,I knew no grief I could not bear;
I'd like to go upstair.
I'd like to go upstair
To write new verses with a false despair.

I know what grief is now that I am old;
I would not have it told.
I would not have it told,
But only say I'm glad that autumn's cold.

年少的時候不懂得憂愁的滋味，只一味喜歡登高望遠。其實，每一次登高望遠，都只因為心中沒有憂愁，卻偏偏為了要寫一首新詞而故意說愁。

　　而今我已歷盡滄桑，早就嘗遍憂愁滋味，想把它說出來卻沒有說。想把它說出來卻沒有說，只因為說了也沒有意義，於是，千言萬語，到了嘴邊便變成了一句：好一個涼爽的秋天啊！

　　辛棄疾退居帶湖期間，常到博山遊覽，然而面對眼前綺麗的風光，他卻無心賞玩。國事日非，自己卻無法再為朝廷建立尺寸之功，愁緒縱橫，遂在博山道中的石壁上題寫了這闋詞。透過回顧少年時不識愁苦的懵懂，襯托「而今」深深領略到愁苦的滋味，卻又說不出道不出，寫出了兩種截然不同的思想感情的變化。

踏莎行・芳心苦・楊柳回塘　賀鑄

楊柳回塘，鴛鴦別浦，綠萍漲斷蓮舟路。斷無蜂蝶慕幽香，紅衣脫盡芳心苦。

返照迎潮，行雲帶雨，依依似與騷人語。當年不肯嫁春風，無端卻被秋風誤。

①回塘：曲折的水池。②浦（ㄆㄨˇ）：河岸、水邊。③依依：形容荷花隨風搖擺的樣子。

TREADING ON GRASS
He Zhu

On winding pool with willows dim, At narrow strait the
lovebirds swim.
Green duckweeds float, Barring the way of lotus-picking boat.
Nor butterflies nor bees Love fragrance from the withered trees.
When her red petals fall apart, The lotus bloom's bitter at heart.

The setting sun greets rising tide, The floating clouds bring rain.
The swaying lotus seems to confide, Her sorrow to the poet in
vain.
Then she would not be wed to vernal breeze.
What could she do now autumn drives away wild geese?

柳枝青青，迎風環繞著曲折的池塘；鴛鴦成對，嬉戲在偏僻的水渠旁。又厚又密的浮萍，擋住了蓮舟前行的路，採蓮的姑娘們也愛莫能助。沒有蜜蜂和蝴蝶，來傾慕它幽幽的芳香，那滿池的荷花，只能在採蓮女的纖纖玉指下慢慢地老去，留下一顆顆芳心苦澀的蓮蓬。

夕光返照，迎著潮水迅速湧進荷塘，那一瞬，有流動的雲彩攜著無情的雨點，劈哩啪啦地直接打落在看上去弱不禁風的荷花上。凝眸處，那隨風搖擺的荷花，彷彿正帶著滿腹的委屈，在對我傾訴著萬般衷腸：恨當初不肯在春風裡綻放，才無端落得而今在秋風中受盡這般悽楚的下場。

　　此詞用擬人的手法描繪出荷花因為「不肯嫁春風」而延誤了美麗的青春，如今不但再無人理睬，而且連「蜂蝶」也不肯光臨，突出了殘荷的孤獨與淒涼。賀鑄一生豪俠尚氣，渴望建功立業，卻又不肯阿事權貴，雖出身貴族，在做了幾任小官之後，也不得不退隱江湖，過著寂寞的隱逸生活，而這首詞不過是他借「殘荷」暗喻自己的遭遇罷了。

滿庭芳 · 山抹微雲　秦觀

山抹微雲，天連衰草，畫角聲斷譙門。暫停征棹，
聊共引離尊。多少蓬萊舊事，空回首、煙靄紛紛。
斜陽外，寒鴉萬點，流水繞孤村。

銷魂。當此際，香囊暗解，羅帶輕分。謾贏得青樓
薄倖名存。此去何時見也？襟袖上、空惹啼痕。傷
情處，高城望斷，燈火已黃昏。

①譙門：城門。②引：舉。③蓬萊舊事：男女愛情的往事。④啼痕：
淚痕。

COURTYARD FULL OF FRAGRANCE
Qin Guan

A belt of clouds girds mountains high
And withered grass spreads to the sky.
The painted horn at the watchtower blows.
Before my boat sails up, Let's drink a farewell cup.
How many things do I recall in bygone days,
All lost in mist and haze! Beyond the setting sun I see but
dots of crows
And that around a lonely village water flows.

I'd call to mind the soul-consuming hour
When I took off your perfume purse unseen
And loosened your silk girdle in your bower.
All this has merely won me in the Mansion Green
The name of fickle lover. Now I'm a rover, O when can I see
you again?
My tears are shed in vain; In vain they wet my sleeves.
It grieves, My heart to find your bower out of sight;
It's lost at dusk in city light.

會稽山上，雲朵淡淡的，像是水墨畫中輕輕抹上去的那一筆；越州城外，碧草連天，一眼望不到邊際。城門樓上的號角聲，時斷時續。北歸的客船上，即將離別的人兒難捨又難分，索性吩咐舟人暫時不要出發，且容他與她舉杯共飲，聊以話別。回首前塵往事，多少歡喜，多少悲傷，到此刻，都已化作了縷縷輕煙消逝在九霄雲外。放眼望去，夕陽西下，萬點寒鴉雲集在天邊，一彎流水圍繞著孤村，莫名又添了他萬千愁緒。

　　離別之際，總黯然神傷，卻又深種下滿腹柔情。他默默取下繫在腰間的香囊，她輕輕解下飄飛的羅帶，作為彼此定情的信物互贈。可歎這些年的遊宦，他在風月場所中徒然贏得薄情的名聲，又有誰明白每一次倚紅偎翠他都付出了真心？此一去，不知何時才能重逢，執手相望，離別的淚水早已沾濕了彼此的衣襟和衣袖。客船終於揚帆起航，終與她漸行漸遠，漸行漸遠，回頭望向她所在的地方，已看不到高聳的城牆，唯有一片迷濛的燈火，照耀著這即將消逝的黃昏。

> 　　徐培均《秦觀詞新釋輯評》認為這首詞創作於宋神宗元豐二年歲暮，寫的是詞人與越地一位歌伎的戀情；而沈祖棻《宋詞賞析》卻認為此詞作於宋哲宗紹聖元年詞人被貶離祕書省之際。縱觀全詞，寫的雖是豔情，卻融入了仕途不遇的遭際，表達了作者前塵似夢的身世之感。

釵頭鳳‧紅酥手　陸游

紅酥手，黃縢酒，滿城春色宮牆柳。東風惡，歡情薄。一懷愁緒，幾年離索。錯，錯，錯！

春如舊，人空瘦，淚痕紅浥鮫綃透。桃花落，閒池閣。山盟雖在，錦書難托。莫，莫，莫！

①宮牆：南宋以紹興為陪都，因此有宮牆。②離索：離群索居。③浥（一ㄣˋ）：濕潤。④鮫綃（ㄐㄧㄠ ㄒㄧㄠ）：傳說中鮫人所織的絲絹、薄紗。此處指手帕。

PHOENIX HAIRPIN
Lu You

Pink hands so fine, Gold-branded wine,
Spring paints the willows green palace walls can't confine.
East wind unfair, Happy times rare.
In my heart sad thoughts throng; We've been separated for years long.
Wrong, wrong, wrong!

Spring is as green, In vain she's lean.
Her kerchief soaked with tears and red with stains unclean.
Peach blossoms fall, Near deserted hall.
Our oath is still there. Lo! No words to her can go.
No, no, no!

還記得那年，春色滿城，他和她歡快地穿梭在古老的城牆下，共賞柳色青青的美景。她紅潤酥膩的手中，捧著為他盛滿黃縢酒的杯盞，那分夫唱婦隨的恩愛讓很多人都心生豔羨。而今，楊柳依舊，春色依舊，卻惱恨這可惡的東風，總把歡情吹得那樣稀薄，令人感受到無比的沮喪。自和她離別，這幾年他的日子過得萬分蕭索，滿懷縈繞的都是無盡的愁緒，只能一聲聲不住地歎息：錯，錯，錯！

　　凝眸處，春天還是從前那個春天，眼前的她卻顯得比過去消瘦憔悴了許多。重逢之際，淚水模糊了她臉上的胭脂，更濕透了她手中的絹帕，他和她都知道，曾經的廝守，是他們再也回不去的往昔。回首，桃花被風緩緩吹落，灑滿清冷的池塘樓閣，那些永不分離的誓言猶在耳畔，卻歎縱有萬般不捨，寫好的錦書也無法再交付給傾心的人兒，只能一句句不住地感歎：莫，莫，莫！

　　　　這首詞記述了詞人與原配唐琬被迫分開後，在禹跡寺南沈園偶然相遇的情景，表達了他們眷戀之深和相思之切，抒發了作者怨恨愁苦而又難以言狀的悽楚癡情，是一首別開生面、催人淚下的作品。

釵頭鳳 · 世情薄　唐琬

世情薄，人情惡，雨送黃昏花易落。曉風乾，淚痕殘。欲箋心事，獨語斜闌。難，難，難！

人成各，今非昨，病魂常似鞦韆索。角聲寒，夜闌珊。怕人尋問，咽淚裝歡。瞞，瞞，瞞！

①箋：寫出。②夜闌珊：長夜將盡。

PHOENIX HAIRPIN
Tang Wan

The world unfair,True manhood rare.

Dusk melts away in rain and blooming trees turn bare.

Morning wind high, Tear traces dry.

I'd write to him what's in my heart; Leaning on rails, I speak apart.

Hard, hard, hard!

Go each our ways!Gone are our days.

My sick soul groans like ropes of swing which sways.

The horn blows cold; Night has grown old.

Afraid my grief may be descried, I try to hide my tears undried.

Hide, hide, hide!

世態炎涼，人情淡薄，黃昏驟雨催花落。晨風吹乾了淚水，淚痕卻還殘留在臉上，想寫下心中萬千愁思，卻不知如何下筆，只能倚著斜欄自言自語，一聲聲地問著自己，這一切怎麼這麼難？

今時不同往日，她和他早已隔了咫尺天涯的距離。她身染重疾，就像鞦韆索一樣處於風雨飄搖之中。夜風刺骨，遍體生寒，聽著遠方的角聲，心中再生一層寒意，想必夜盡了，她也要跟著去了吧？總是怕人詢問，只好一次次忍住淚水，強顏歡笑，把所有的心思都瞞了個水泄不通。

唐琬與陸游被迫分開經年後，在沈園偶然相遇，陸游為此寫下〈釵頭鳳・紅酥手〉，而回到家中的唐琬更是意緒難平，便和了這首〈釵頭鳳・世情薄〉。詞中描繪了唐琬與陸游和離後的種種心事，直抒胸臆，哀婉動人，但俞平伯在其所著《唐宋詞選釋》則認為此詞「當是後人依斷句補擬」。

唐琬，字蕙仙，越州山陰（今浙江紹興）人。陸游原配，不見容於陸母，被逼令休棄。數年後，陸游遊覽沈園，與其不期而遇，在壁上題寫一闋〈釵頭鳳〉，寫罷，擱筆而去。沈園重逢後，唐琬悲慟不已，回家後反復玩味陸游的題詞，便和了一首同樣曲牌的詞，不久便鬱鬱而卒。

千秋歲·水邊沙外　秦觀

水邊沙外，城郭春寒退。花影亂，鶯聲碎。飄零疏
酒盞，離別寬衣帶。人不見，碧雲暮合空相對。

憶昔西池會，鵷鷺同飛蓋。攜手處，今誰在？日邊
清夢斷，鏡裡朱顏改。春去也，飛紅萬點愁如海。

①碎：形容鶯聲細碎。②寬衣帶：謂人變瘦。③鵷（ㄩㄢ）鷺：謂朝
官之行列，如鵷鳥和鷺鳥飛行時排列整齊有序。④日邊：帝城或天
子左右。⑤清夢：美夢。⑥飛紅：落花。

A THOUSAND AUTUMNS
Qin Guan

Beyond the sandbar by the waterside,
Out of the town the spring chill begins to subside.
The flowers' shadows running riot, The orioles' warble breaks the
quiet.
Lonely,I drink few cups of wine, My belt loosens, for friends I pine.
But where are they?In vain clouds gather up at the end of the day.

I still remember our Western Pool's rendezvous:
Together with our cabs herons and egrets flew.
Where we stood hand in hand, Who still stays in that land?
My dream can't fly to sunny place; The mirror shows my wrinkled
face.
Away spring's sped; My grief looks like a sea of falling petals red.

淺水邊，沙洲外，城郊的春寒已在不知不覺中悄然褪盡。花影在枝頭搖曳，流鶯在花叢中啼鳴，卻歎他孤身一人飄零在外，早已疏遠了杯中美酒，難得有一回酣然沉醉。自離別後，便總執著於對往事的追憶，日復一日，年復一年，身心已煎熬成枯灰，衣帶也變得越來越寬鬆。相知相惜的摯友，被迢遙的山水阻隔在千萬里之外，此時此刻，默默同自己相對的，唯有那沉沉的暮色、悠悠的碧雲。

想當年，汴京城內，意氣風發的同僚們結伴出遊，共赴金明池之會，寶馬華車驅馳如飛，自是豪情萬丈、氣宇軒昂。可歎往事如煙，再回首，曾經攜手同遊處，而今還有幾人在？扁舟繞過沙洲緩緩前行，而他回歸朝堂的美夢已徹底斷絕，忍不住舉鏡哀歎，卻發現鏡裡映出的容顏已老，再也不是從前的青年才俊。美好的光景終是一去不復返，恰如眼前飄飛的千萬點落花，有的只是衰頹與殘敗，更留得這滿腹的愁緒，如海深。

> 紹聖元年，宋哲宗親政後起用新黨，包括蘇軾、秦觀在內的大批「元祐黨人」紛紛遭到排斥，此詞便是秦觀被貶後的作品。詞人將今春與昔春、政治上的不快和愛情上的失意交織在一起，或談政治理想破滅，或說個人容顏衰老，反復詠歎，纏綿淒惻，最終落腳點放在無邊無際的「愁」上，憂傷至極，催人淚下。

清平樂 · 春晚 · 留春不住　王安國

留春不住，費盡鶯兒語。滿地殘紅宮錦污，昨夜南園風雨。

小憐初上琵琶，曉來思繞天涯。不肯畫堂朱戶，春風自在楊花。

①宮錦：宮中特製或仿造宮樣所製的錦緞。②小憐：北齊後主淑妃馮小憐，善彈琵琶。此借指彈琵琶的歌女。

PURE, SERENE MUSIC
Wang Anguo

Spring cannot be retained,
Though orioles have exhausted their song.
The ground is strewn with fallen reds like brocade stained,
The southern garden washed by rain all the night long.

For the first time the songstress plucks the pipa string;
At dawn her yearning soars into the sky.
The painted hall with crimson door's no place for spring;
The vernal breeze with willowdown wafts high.

想盡辦法還是沒能把春天留住，白白地讓黃鶯唱了個不休。昨夜裡南園風雨交加，放眼望去，遍地都是受到風雨侵襲後的落花，彷彿沾上了泥淖的宮錦，污穢不堪入目。

　　遠處傳來小憐彈奏琵琶的聲音，絲絲縷縷，無不纏繞著無奈的惜春之情。春宵苦短，閨中之人因為思念心上的人兒，總是守著搖曳的燈火，長夜不眠，任由那剪不斷理還亂的情思，在拂曉時分跟隨聲聲哀婉的琵琶調，飛越了千里關山，去追尋那遠在天涯的遊子。春盡了，難道就沒什麼讓人覺得欣慰的嗎？看，柳絮仍在路邊自在地飄飛，它始終不肯進入那些畫梁雕棟的豪門大戶，僅僅這分高潔，便是他眼中最美的春光。

> 　　以暮春紛飛的柳絮不肯飛入權貴人家的畫堂朱戶，表達了詞人不親權貴的品格。全詞情景交融，清新婉麗，堪稱傷春詞中的佳構。

> 　　王安國，字平甫，王安石同母弟，撫州臨川（今江西省撫州市臨川區）人。工詩善文，詩工於用事，對偶親切；詞博採眾長，工麗曲折。曾鞏謂其「於書無所不通，其明於是非得失之理為尤詳，其文閎富典重，其詩博而深」。詩文大多已佚，今僅存《王校理集》一卷，收入《兩宋名賢小集》。

西江月 · 照野彌彌淺浪　蘇軾

頃在黃州，春夜行蘄水中，過酒家飲。酒醉，乘月至一溪橋上，解鞍曲肱，醉臥少休。及覺已曉，亂山攢擁，流水鏘然，疑非塵世也。書此語橋柱上。

照野瀰瀰淺浪，橫空隱隱層霄。障泥未解玉驄驕，
我欲醉眠芳草。
可惜一溪風月，莫教踏碎瓊瑤。解鞍欹枕綠楊橋，
杜宇一聲春曉。

①蘄：音く一ˊ。②攢（ちメ弓ˊ）湧：叢聚；簇擁。③瀰瀰：水流盛滿的樣子。④層霄：彌漫的雲氣。⑤障泥：馬韉，垂於馬兩旁以擋泥土。⑥玉驄（ちメム）：駿馬。⑦可惜：可愛。⑧瓊瑤：美玉。此處形容月亮在水中的倒影。

THE MOON OVER THE WEST RIVER
Su Shi

Wavelet on wavelet glimmers by the shore;
Cloud on cloud dimly appears in the sky.
Unsaddled is my white-jadelike horse;
Drunk, asleep in the sweet grass I'll lie.
My horse's hoofs may break, I'm afraid,
The breeze-rippled brook paved by moonlit jade.
I tether my horse to a bough of green willow.
Near the bridge where I pillow
My head on arms and sleep till the cuckoo's song awakes
A spring daybreak.

月光照在野外漲滿春水的溪流上，淺淺的浪花浮泛起粼粼的波光；亙古的長空無邊無際，隱約飄拂著幾朵淡淡的雲彩。座下白色的駿馬高大健壯，載著我優哉游哉地來到河邊，正待渡河之際，因為不勝酒力，我便匆匆翻身下馬，連墊在馬鞍下遮擋塵土的障泥都沒解開。此時此刻，什麼都不想做，只想帶著醉意臥倒在芳草間，好好睡上一覺做個好夢。

放眼望去，這溪上的清風明月竟然是那麼那麼的可愛，馬兒啊馬兒，你可千萬不要肆意走動，踏碎了那水中的月亮。解下馬鞍當作枕頭，我斜臥在柳枝飄拂的橋面上，很快就進入了夢鄉，待聽見杜鵑聲聲啼喚時，天色已經大亮了。

　　此詞作於蘇軾貶謫黃州期間。政治上遭遇的沉重打擊讓蘇軾看清了官場的黑暗、世態的炎涼，但他並未被痛苦壓倒，反而在當時的住所臨皋亭附近開墾出一片荒地，繼而種上莊稼樹木，名之曰「東坡」。他時而布衣芒履，出入於阡陌之上，時而月夜泛舟，放浪於山水之間，表現出一種超人的曠達，一種不以世事縈懷的恬淡精神。這一時期，他對社會對人生的態度，以及反映在創作上的思想感情和風格都產生了顯著的變化。

浣溪沙・風壓輕雲貼水飛　蘇軾

風壓輕雲貼水飛，乍晴池館燕爭泥。沈郎多病不勝衣。

沙上不聞鴻雁信，竹間時聽鷓鴣啼。此情惟有落花知！

①輕雲：此處比喻柳絮。②沈郎：即沈約，南朝梁詩人，因多病而腰圍消瘦，後遂以「沈腰」作多病的代稱。③鴻雁信：古人有鴻雁傳書的說法。漢武帝時，蘇武出使匈奴，被匈奴扣留，流於北海。昭帝即位，匈奴與漢和親，漢請求匈奴歸還蘇武。匈奴詐言蘇武已死。後漢派使者說天子射上林中，得雁，足有繫帛書，說蘇武等在某沼澤中。匈奴單于大驚，致歉漢使。④鷓鴣啼：鷓鴣鳥的叫聲像「行不得也哥哥」，所以在外的遊子聽到鷓鴣的叫聲會感到淒涼。

SILK-WASHING STREAM
Su Shi

Pressed by the breeze, over water the light clouds fly;
In pecking clods by poolside tower swallows vie.
I feel too weak to wear my gown, ill for so long.

I have not heard the message-bearing wild goose song;
Partridges among bamboos seem to call me home;
Only fallen blooms know the heart of those who roam.

一個人徘徊在池館內，看和風搖曳著輕盈的柳枝，吹飛滿池貼著水面的柳絮，心情依舊是沉重灰暗的。雨後初晴，燕子銜著春泥在池沼邊築巢，那聲聲的軟語呢喃，恰似她生前對他萬般的殷切叮嚀。相思成災，因為思念，他纏綿於病榻已久，早就像沈約一樣瘦損了腰圍，無法再承受衣物之重。

自她離世後，獨自流連在沙洲上，他便再也沒能收到鴻雁傳來的書信，倒是時時聽到鷓鴣從竹林間傳出的悲啼。往事已矣，縱追悔莫及，也不可再追，這分綿綿無絕期的深情，恐怕也只有飄飛的落花才能體會明白。

這首詞作於宋英宗治平三年春，是時，蘇軾在京師直史館任職。治平二年五月蘇軾髮妻王弗逝世，六月殯於京城西，次年春，詞人觸景生情，難忍思妻之痛，遂作此詞以懷念。一說此詞是李璟作品，見《李璟李煜詞補遺》，因明代所刊《類編草堂詩餘》署為李璟所作，故《補遺》誤收，應據元刻本定為東坡詞。

江城子‧乙卯正月二十日夜記夢‧ 十年生死兩茫茫　蘇軾

十年生死兩茫茫，不思量，自難忘。千里孤墳，無處話淒涼。縱使相逢應不識，塵滿面，鬢如霜。
夜來幽夢忽還鄉，小軒窗，正梳妝。相顧無言，惟有淚千行。料得年年腸斷處，明月夜，短松岡。

①十年：指結髮妻子王弗去世已十年。②千里：王弗葬地四川眉山與蘇軾任所山東密州，相隔遙遠，故稱「千里」。

RIVERSIDE TOWN A DREAM ON THE NIGHT OF THE 20TH DAY OF THE 1ST MOON 1075
Su Shi

For the long years the living of the dead knows nought,
Though to my mind not brought, Could the dead be forgot?
Her lonely grave is far, a thousand miles away.
To whom can I my grief convey?
Revived even if she be, could she still know me?
My face is worn with care, And frosted is my hair.

Last night I dreamed of coming to my native place;
She was making up her face, Before her mirror with grace.
Each saw the other hushed, But from our eyes tears gushed.
Can I not be heart-broken when I am awoken
From her grave clad with pines, Where only the moon shines!

與你生死訣別已整整十年，總是強忍著不去思念不去想你，可終究還是無法把你忘懷。你的孤墳遠在千里之外，我走過四季走過千山萬水，卻沒有地方跟你訴說心中的悽楚，怎不心傷難禁？時光荏苒，縱使你我夫妻重逢，想必你也認不出我來，因為歷經滄桑之後，而今的我早已灰塵滿面、兩鬢如霜。

　　昨夜夢裡我又回到了家鄉，看到你坐在小屋的窗口梳洗打扮，一如既往的嬌美動人。你望著我，我望著你，我們誰也沒有打破沉默，只任由滿面的淚水悄然滴落。想你念你，今生今世，你離去的日子裡，料想我年年因思念斷腸之處，也只有那明月之下種滿矮松的山岡，你葬身的地方。

　　蘇軾十九歲時，與年僅十六歲的王弗成婚。二人婚後一直相敬如賓，情深似海，叵耐天命無常，王弗在二十七歲時就撒手人寰，給予蘇軾沉重的打擊。熙寧八年，蘇軾被貶密州，這一年正月二十日，他夢見髮妻王弗，便寫下這首傳誦千古的悼亡詞。蘇軾曾在〈亡妻王氏墓誌銘〉中記述了「婦從汝於艱難，不可忘也」的父訓，而此詞寫得如夢如幻、似真非真，其間真情自然不僅僅是依從父命、感於身世，而真正令他終日縈於心、托於夢的，的確是一分「不思量，自難忘」的患難深情。

西江月 · 黃州中秋 · 世事一場大夢　　蘇軾

世事一場大夢，人生幾度新涼？夜來風葉已鳴廊，
看取眉頭鬢上。

酒賤常愁客少，月明多被雲妨。中秋誰與共孤光，
把盞淒然北望。

①風葉：風吹樹葉所發出的聲音。②鳴廊：在迴廊上發出聲響。
③妨：遮蔽。

THE MOON OVER THE WEST RIVER
Su Shi

Like dreams pass world affairs untold,
How many autumns in our life are cold!
My corridor is loud with wind-blown leaves at night.
See my brows frown and hair turn white!

Of my poor wine few guests are proud;
The bright moon is oft veiled in cloud.
Who would enjoy with me the mid-autumn moon lonely?
Winecup in hand, northward I look only.

世事恰如一場虛幻的春夢，人生還能經歷幾度涼意初透的秋？入夜的風聲嗚咽，穿透樹葉瑟瑟地吹過孤寂的長廊，忍不住攬鏡自顧，卻看到無盡的愁思攢聚在蹙起的眉頭，兩鬢也早已霜白。

酒家因為酒不好，才時常發愁客人稀少；月色本來澄澈明朗，卻又總被雲霧遮擋。中秋佳節，本該是闔家團圓之際，又有誰能與孤身被貶黃州的我，一同欣賞這孤寂的月光？放眼望去，這蒼茫大地，除了自己還是自己，只好惆悵地拿起酒盞，神色淒然地望向北方，望向親人和朝堂的方向。

> 此詞反映了作者謫居黃州後的苦悶心情，詞調低沉哀婉，充滿人生空幻的悵歎。不同的蘇軾詩詞選本、論著，對這首詞究竟作於何時、為誰而作，有著不同的說法。一說是紹聖四年作於儋州，抒發的是手足之情；一說是元豐三年作於黃州，呂觀仁在《蘇軾詞注》中，便直接用〈黃州中秋〉作為此詞標題。

臨江仙・送錢穆父・一別都門三改火

蘇軾

一別都門三改火，天涯踏盡紅塵。依然一笑作春
溫。無波真古井，有節是秋筠。

惆悵孤帆連夜發，送行淡月微雲。樽前不用翠眉
顰。人生如逆旅，我亦是行人。

①都門：都城的城門。②改火：古代鑽木取火，四季換用不同木材，
稱為「改火」，此處指年度的更替。③春溫：是指春天的溫暖。④筠：
竹。⑤顰（ㄆㄧㄣˊ）：皺眉頭。⑥逆旅：旅居。常用以喻人生匆遽短促。

RIVERSIDE DAFFODILS
FAREWELL TO A FRIEND

Su Shi

Three years have passed since we left the capital;
We've trodden all the way from rise to fall.
Still I smile as on warm spring day.
In ancient well no waves are raised;
Upright, the autumn bamboo's praised.

Melancholy, your lonely sail departs at night;
Only a pale cloud sees you off in pale moonlight.
You need no songstress to drink your sorrow away.
Life is like a journey; I too am on my way.

自打京城一別，我們已有三年未曾謀面，只知道你千山萬水踏盡，總是在紅塵間兜轉，不得片刻清閒。別後重逢，哪怕一句話也不說，也依然能從彼此會心的一笑中，感受到對方恰似春天的溫暖。你的心始終像古井水一樣不起波瀾，你的高風亮節更恰似秋天的竹子一樣筆直遒勁，即便久處逆境，也值得我輩敬重。

可惜聚散總是匆匆，知道你連夜就要揚帆起航，我心裡充滿難言的惆悵。月光淡淡，雲影淺淺，離別前的餞行宴上就不要再端著酒杯愁眉不展了，人生就是一趟艱難的旅程，你我都是那匆匆的過客，又何必太過在意？

這首詞是宋哲宗元祐六年春蘇軾知杭州時，為送別自越州（今浙江紹興）徙知瀛洲（今河北河間）途經杭州的老友錢勰（穆父）而作，當時蘇軾也即將離開杭州。

臨江仙・夜歸臨皋・夜飲東坡醒復醉

蘇軾

夜飲東坡醒復醉，歸來彷彿三更。家童鼻息已雷鳴。敲門都不應，倚杖聽江聲。

長恨此身非我有，何時忘卻營營？夜闌風靜縠紋平。小舟從此逝，江海寄餘生。

①東坡：在湖北黃岡縣東。蘇軾謫貶黃州時，友人馬正卿助其墾闢的遊息之所，築雪堂五間。②營營：追求奔逐。③夜闌：夜深。④縠（ㄏㄨˊ）紋：比喻水波細紋。縠，縐紗。

RIVERSIDE DAFFODILS
Su Shi

Drinking at Eastern Slope by night, I sober, then get drunk again.

When I come back, it's near midnight,

I hear the thunder of my houseboy's snore;

I knock but no one answers the door.

What can I do but, leaning on my cane, Listen to the river's refrain?

I long regret I am not master of my own.

When can I ignore the hums of up and down?

In the still night the soft winds quiver, On ripples of the river.

From now on I would vanish with my little boat;

For the rest of my life on the sea I would float.

夜裡在東坡雪堂飲酒，醉了又醒，醒後再飲，歸來時好像已是三更天。家裡守門的童僕早已熟睡，在門外都可以聽到他如雷的鼾聲。怎麼敲門也無人應答，無奈之下，只好獨自拄著藜杖來到江邊，默默傾聽江水奔流的吼聲。

身在官場，時常憤恨這個軀體已不再屬自己，什麼時候才能忘卻那些為了功名利祿而進行的鑽營奔競呢？罷了罷了，人生終如春夢一場，還不如趁著這夜深風靜、水波不興，駕一葉扁舟逐波而流，從此消逝在這蠅營狗苟的紅塵中，只把餘生託付給煙水茫茫的江河湖海。

此詞作於蘇軾被貶黃州的第三年，即宋神宗元豐五年九月。經受了一場政治迫害後的蘇軾，內心憤懣而痛苦，但他卻表現出一種超人的曠達，一種不以世事縈懷的恬淡精神，終日放浪於山水之間，從大自然中尋求美的享受，領略人生哲理。

浣溪沙・遊蘄水清泉寺・
山下蘭芽短浸溪　蘇軾

遊蘄水清泉寺，寺臨蘭溪，溪水西流。

山下蘭芽短浸溪，松間沙路淨無泥，瀟瀟暮雨子規啼。

誰道人生無再少？門前流水尚能西！休將白髮唱黃雞。

①子規：杜鵑，又叫杜宇、布穀、子規、望帝、蜀鳥等。②無再少：不能回到少年時代。③唱黃雞：感慨時光的流逝。因黃雞可以報曉，表示時光的流逝。

SILK-WASHING STREAM
Su Shi

In the stream below the hill there drowns the orchid bud;
On sandy path between pine trees you see no mud.
Shower by shower falls the rain while cuckoos sing.

Who says an old man can't return unto his spring?
Before Clear Fountain's Temple water still flows west.
Why can't the cock still crow though with a snow-white crest?

長在山腳下的蘭草才剛剛抽出嫩芽，就被浸泡在溪水中；松林間的沙石小路經過春雨的洗刷，潔淨得不染纖毫塵泥。夜幕降臨，杜鵑在綿綿細雨中兀自鳴叫個不停。

　　誰說人老了就不能再回到年少時光？看看，門前的流水尚能向西奔流，還有什麼事會是一成不變的？就不要再在鬢髮霜白的年紀感歎時光的流逝了！

　　此詞作於宋神宗元豐五年春三月，詞人遊歷蘄水清泉寺時。蘄水，縣名，即今湖北浠水縣，距黃州不遠。《東坡志林》卷一云：「黃州東南三十里為沙湖，亦曰螺師店，予買田其間，因往相田得疾。聞麻橋人龐安常善醫而聾，遂往求療。……疾愈，與之同遊清泉寺。寺在蘄水郭門外里許，有王逸少洗筆泉，水極甘，下臨蘭溪，溪水西流。余作歌云。」這裡所指的歌，即是此詞。詞中用白描的手法描繪了雨中蘭溪的景象，表達了詞人雖身處困境而老當益壯、自強不息的精神，洋溢著積極向上的人生態度。

孤雁兒·藤床紙帳朝眠起　李清照

世人作梅詞，下筆便俗。予試作一篇，乃知前言不妄耳。

藤床紙帳朝眠起，説不盡、無佳思。沉香斷續玉爐寒，伴我情懷如水。笛聲三弄，梅心驚破，多少春情意。

小風疏雨蕭蕭地，又催下、千行淚。吹簫人去玉樓空，腸斷與誰同倚？一枝折得，人間天上，沒個人堪寄。

①紙帳：繭紙做的帳子。②佳思：好心情。③三弄：即「梅花三弄」，古代笛曲名。

A LONELY SWAN MUME BLOSSOMS
Li Qingzhao

Woke up at dawn on cane-seat couch with silken screen,
How can I tell my endless sorrow keen?
With incense burnt, the censer cold
Keeps company with my stagnant heart as of old.
The flute thrice played
Breaks the mume's vernal heart which vernal thoughts invade.

A grizzling wind and drizzling rain, Call forth streams of tears
again.
The flutist gone, deserted is the bower of jade
Who'd lean with me, broken-hearted, on the balustrade?
A twig of mume blossoms broken off, to whom can I
Send it, on earth or on high?

初春的早晨，從藤床紙帳中醒來，心裡漫溢著說不盡的傷感。時斷時續的沉香煙，漸漸涼透的玉熏爐，伴著她如水的情懷，淒淒，寂寂。恍惚中，〈梅花三弄〉的笛曲瞬間驚破枝頭的梅花，春天雖然來了，那些逝去的情意卻又引起她無限幽恨。

　　窗外，斜風微微地刮，細雨瀟瀟地下，此情此景，徒然換得她淚下千行。曾為她吹簫取悅的良人已逝，獨留下這寂寞空樓，縱有梅花好景，又能與誰倚著欄杆同賞，端的是又添了幾分斷腸的痛罷了。輕輕折下一枝梅花撚在手中，卻遺憾找遍天上人間，四顧茫茫，竟沒一個人可供寄贈。

　　　　此詞寫於趙明誠去世之後，侯健、呂智敏皆認為這是悼念亡夫之作。全詞以「梅」為線索，著力描繪了丈夫去世後，自己清冷孤寂的生活和淒涼悲絕的心情。

鷓鴣天‧座中有眉山隱客史應之和前韻即席答之‧黃菊枝頭生曉寒　黃庭堅

黃菊枝頭生曉寒。人生莫放酒杯乾。風前橫笛斜吹雨，醉裡簪花倒著冠。

身健在，且加餐。舞裙歌板盡清歡。黃花白髮相牽挽，付與時人冷眼看。

PARTRIDGES IN THE SKY
Huang Tingjian

On yellow chrysanthemums dawns the morning chill.
Do not let your wine cup go dry while you live still!
Play on your flute when slants the rain and blows the breeze!
Drunk, pin a flower on your invert hat with ease!

When you keep fit, eat better meal and drink more wine!
Enjoy your fill with dancers sweet and songstress fine!
As golden blooms become the young, white hair the old.
Why should I care for other people's glances cold?

黃菊在拂曉時分的枝頭散發出陣陣寒意，此情此景，讓人忍不住感歎，人生苦短，得意之時須盡歡，千萬不要放任眼前的酒杯空置。飲一杯美酒，站在風前用一支輕快的笛曲吹落簷頭的細雨，心裡滿裹著愉悅，索性借著一身酒意，摘下菊花簪在髮間，又把帽子取下來倒戴上，快活得彷彿頑皮的孩子。

　　要趁著身體尚且健康，努力加飯加餐，在歌伎們輕歌曼舞的陪伴下，盡情享受這人世的清歡。黃菊映襯著這滿頭斑斑白髮，看上去似乎有些不羈，但我就是要以這副疏狂的模樣展現在世人面前，任憑他們冷眼相看，或是嘲笑諷刺，我自瀟灑向天歌。

　　　這首詞作於宋哲宗元符二年重陽節之後數日，其時黃庭堅身在戎州（今四川宜賓）貶所已整整四年。此詞同調同韻共有三首，此為第二首，均為黃庭堅與甘居山野、不求功名的「眉山隱客」史應之相互酬唱之作。第一首有副題曰：「明日獨酌自嘲呈史應之。」之後史應之酬和，而此詞則是詞人在宴席間對史應之和作的再和。全詞透過一個「淫坊酒肆狂居士」的形象，以看似輕鬆詼諧的語言抒發了胸中的苦悶與激憤。

水龍吟・次歆林聖予惜春・問春何苦匆匆　晁補之

問春何苦匆匆，帶風伴雨如馳驟。幽葩細萼，小園低檻，壅培未就。吹盡繁紅，占春長久，不如垂柳。算春長不老，人愁春老，愁只是、人間有。

①馳驟（ㄔˊ ㄗㄡˋ）：疾奔。②幽葩細萼：指各種嬌嫩的花朵。③壅培：用泥土或肥料培養植物的根部。④孤：辜負。⑤芳醪（ㄌㄠˊ）：芳醇的美酒。

WATER DRAGON'S CHANT
Chao Buzhi

Why should spring go so soon, indeed,
With wind and rain like a galloping steed?
The flowers sweet in garden small,
Are not deep planted in the soil at all.
Red blossoms will be blown down by the breeze;
They cannot last longer than willow trees.
Spring won't old grow.
How can it bring woe?
For weal and woe,
Only in human world go.

春恨十常八九，忍輕孤、芳醪經口。

那知自是，桃花結子，不因春瘦。世上功名，老來風味，春歸時候。縱樽前痛飲，狂歌似舊，情難依舊。

（最多情猶有，樽前青眼，相逢依舊）

Nine out of ten people regret spring's fleet.
Should we neglect a mouthful of wine sweet?
The peach tree won't grow thin for spring
But for the fruit which it will bring.
Do not sigh for glory on the decline
Till old are you, Or till spring says adieu.
Only a bosom friend,
Before a cup of wine,
Will last to the end.

問一聲春天，你何苦總是這樣來也匆匆去也匆匆，攜風伴雨好似駿馬馳騁在草原上？小園裡欄檻低矮，剛剛壅土培苗，新栽的花兒花枝尚未挺秀。可憐那些細蕊嬌嫩的花兒，一經風雨，便被吹落滿枝芳華，還不如垂柳經春長久。其實，春天周而復始，是永遠都不會老的，只是人們總喜歡傷春，害怕春天易逝，所以這分憂愁也只有善感的人間才有。

世間因失意產生的春恨十之八九，面對眼前風雨摧花的景象，又怎忍心辜負這芳醇的美酒？縱這般心疼落花，難道不知道，桃花之所以凋謝，完全只是因為自己要結子，跟春天逝去並沒有任何關係？然，每到春天歸去的時候，還是忍不住心生感慨，恨自己老大年紀仍一事無成、難建功業。春盡了，人也一天天老了，今天縱使還能舉杯痛飲，像過去一樣狂歌縱歡，可真的再也不復往日的豪情萬丈。

> 這首詞描繪了小園中幽葩細蕚壅培未就，經不住風吹雨打、繁紅落盡的情狀，同時闡明花落不是因春歸去，而是因結子自瘦。全詞感歎時光飛逝、青春不再，縱是好友相逢，痛飲狂歌，也難以像過去那樣充滿豪情。

晁補之，字無咎，號歸來子，濟州巨野（今山東巨野）人。工書畫，能詩詞，善屬文，位列「蘇門四學士」之一，與張耒並稱「晁張」。散文凝練流暢，風格類柳宗元；詩學陶淵明，清新自然；詞作格調豪爽，近蘇軾。著有《雞肋集》《晁氏琴趣外篇》。

如夢令 · 門外綠陰千頃　曹組

門外綠陰千頃，兩兩黃鸝相應。睡起不勝情，行到碧梧金井。人靜，人靜。
風動一庭花影。

①不勝情：禁不住為情思所擾。②金井：指裝飾華美的井臺。

A DREAMLIKE SONG
Cao Zu

Outdoors green shade spreads far and wide;
Golden orioles sing side by side.
They wake and sadden me,
I rise and go around the well under the plane tree.
What a tranquil day!
What a tranquil day!
When the breeze blows I see only one flower sway.

睡夢中，恍恍惚惚地聽到兩兩呼應的黃鸝鳴叫，忍不住睜開惺忪的睡眼朝門外望去，但見綠蔭連綿，怕不是有千頃的範圍。睡不著，心裡又莫名添了惆悵，索性披衣走到碧綠的梧桐樹下，那口金光閃閃的井旁。就那樣靜靜地站著，靜靜地看著，看著風兒緩緩吹過，看著風兒倏忽吹動滿院的花影。

關於本詞的作者，歷史上有兩種說法，一種認為是曹組所作，另一種則認為是秦觀所作，且末句應為「風弄一枝花影」。很多學者認為，「風弄一枝花影」在意境上不如「風動一庭花影」，不像出自秦觀的手筆，因此後一種說法很可能只是誤記。此詞從表面上看，似在寫無聊意緒，然，詞由「動」生「情」，表明詞人是在期盼著一位女子的到來，但用筆點到為止，並不說破，更顯得言盡而意無窮。

小重山·昨夜寒蛩不住鳴　岳飛

昨夜寒蛩不住鳴。驚回千里夢，已三更。起來獨自繞階行。人悄悄，簾外月朧明。

白首為功名。舊山松竹老，阻歸程。欲將心事付瑤琴。知音少，弦斷有誰聽？

①寒蛩（ㄑㄩㄥˊ）：秋天的蟋蟀。

MANIFOLD LITTLE HILLS
Yue Fei

The autumn crickets chirped incessantly last night,
Breaking my dream homebound; It was already midnight.
I got up and alone in the yard walked around;
On window screen the moon shone bright;
There was no human sound.

My hair turns grey For the glorious day.
In native hills bamboos and pines grow old.
O when can I see my household?
I would confide to my lute what I have in view,
But connoisseurs are few.
Who would be listening, Though I break my lute string?

昨天夜裡，蟋蟀止不住的鳴叫聲把我從遙遠的夢境中驚醒時，已是三更時分。起身繞著臺階獨自徘徊，四周靜悄悄的沒有一點人聲，簾外那一輪淡月正朦朧。

　　為國家建功立業，蹉跎經年，人未老，鬢已霜白。料想家鄉的山上，松竹已經長大變老，打算抽空回去看看，卻無奈朝廷議和的聲浪又起，生生阻斷了我的歸程。想把滿腹的心事，都付與瑤琴彈上一曲，可高山流水知音稀，縱然把琴弦彈斷，又有誰來聽？

　　宋高宗紹興八年，高宗和秦檜力主和議，決定與金國談判議和，不准岳飛動兵。此時，岳飛已在抗金的道路上取得眾多重大戰役的勝利，他堅信可以擊潰金兵，光復中原，反對妥協投降，叵耐君命不可違，內心極度鬱悶，作於斯時的這首詞則體現了他對投降派的憤慨，以及身為朝臣卻又無可奈何的複雜心情。

卜算子·不是愛風塵　嚴蕊

不是愛風塵，似被前緣誤。花落花開自有時，總賴東君主。

去也終須去，住也如何住！若得山花插滿頭，莫問奴歸處。

①東君：春神。

Song of Divination
Yan Rui

Is it a fallen life I love?
It's the mistake of Fate above.
In time flowers blow, in time flowers fall;
It's all up to the east wind, all.

By fate I have to go my way;
If not, where can I stay?
If my head were crowned with flowers,
Do not as me where are my bowers!

並非生性喜好流連風塵，之所以一直在風塵中打轉，都是被前世的因緣所誤。花落花開自有一定的時節，可這一切都只能依靠司春之神東君來做主。

　　將來總有一天會棄此營生而去，即便留下來又該如何生活下去？若他日能夠有幸將山花插滿髮間，像山野村婦們一樣自由自在地度日，那便不需要再問奴家的歸處了。

　　淳熙九年，浙東常平使朱熹巡行台州，由於台州知州唐仲友的永康學派反對朱熹理學，朱熹便上疏彈劾唐仲友，其中論及其與營妓嚴蕊的風化之罪，並下令黃岩通判抓捕嚴蕊，先後關押在台州和紹興，嚴刑逼供，嚴蕊寧死不屈。後朱熹改官，岳霖任提點刑獄，釋放嚴蕊，問其歸宿，詞人於是作下該詞以答之。全詞筆墨輕靈，一氣呵成，「山花插滿頭」是其對美好生活的嚮往，反映了一個被壓迫被侮辱的弱女子渴望自由生活的心情，流傳甚廣。

　　嚴蕊，原姓周，字幼芳，南宋中期女詞人。出身低微，自幼習樂禮詩書，後淪為台州營妓。學識通曉古今，詩詞語意清新，四方聞名，時人有不遠千里慕名相訪者。詞作多佚，現僅存〈如夢令〉〈鵲橋仙〉〈卜算子〉三首。

四圍竹 · 浮雲護月　周邦彥

浮雲護月，未放滿朱扉。鼠搖暗壁，螢度破窗，偷入書幃。秋意濃，閒佇立，庭柯影裡。好風襟袖先知。

夜何其。江南路繞重山，心知謾與前期。奈向燈前墮淚，腸斷蕭娘，舊日書辭。猶在紙。雁信絕，清宵夢又稀。

①書幃（ㄨㄟˊ）：書齋。②蕭娘：唐人詩中對女子的泛稱。③宵：夜晚。

BAMBOOS IN WEST GARDEN
Zhou Bangyan

Floating clouds protect the moon bright,
They will not let the red door be steeped in her light.
Rats under the dark wall are seen,
Through the torn window fireflies pass,
And flit in stealth by window screen.
Autumn is deep, alas! I stand on the grass
In the shade of the evergreen trees,
My sleeves feel the soft breeze.

How old is night?
A long way winds across mountains to southern shore.
How could you keep the date of yore?
How can I not shed tears by candlelight
To think with broken heart of you
And read your oldened billet-doux?
No more wild geese will bring your letter to me.
Can dreams on lonely night be free?

浮雲輕輕將月亮遮住，不肯讓它照徹朱扉。肆無忌憚的老鼠在黑暗的牆腳下東奔西竄，閃閃發光的螢火蟲也跟著破窗而入，偷偷闖入書齋，四周一派蕭索淒清的景象。不耐淒寂的我在屋裡再也待不下去了，索性閒步到中庭，靜靜站立在濃密的樹蔭下發呆。不知不覺中，倏忽間一陣涼爽的清風刮過，迅即吹開我的襟袖，不由得心裡驀地一驚，原來秋天已經這麼深了啊！

夜深了，已經到什麼時候了？心心念念的她遠在隔著千山萬水的江南，從前與她約好的重聚之期終是無法實現了。想她念她，心中積攢了萬般無奈無法排遣，只能對著燈影黯然垂淚，日復一日，年復一年。讓我肝腸寸斷的是，過去往來的書信依舊還在，可自打彼此斷了音訊後，就連在夢中也很少再見到她。

> 此詞創作於元祐二年至紹聖四年之間，很可能是詞人即將由汴京返回江南時所作。作者秋夜懷人，薄宦汴京，表露出深濃的鄉愁之思與仕途失意的苦衷。

少年遊 · 草 · 春風吹碧　高觀國

春風吹碧，春雲映綠，曉夢入芳裀。軟襯飛花，遠隨流水，一望隔香塵。

萋萋多少江南恨，翻憶翠羅裙。冷落閒門，淒迷古道，煙雨正愁人。

①芳裀（ㄧㄣ）：形容春草茸茸如墊褥。

WANDERING WHILE YOUNG GRASS
Gao Guanguo

Greened by the breeze of spring,
Under clouds on the wing,
Your fragrant land seems like a morning dream.
As soft as fallen blooms, As far as water looms,
I stretch my eyes, we're separated by a fragrant stream.

How much regret and grief on Southern shore
Remind me of the green silk skirt I adore.
Grass overgrown before her door
Near a pathway of yore,
The mist and water sadden me all the more.

春風吹綠了芳草，白雲映襯著草地。飛花斜斜地滑過軟草，緩緩落入波光瀲灩的水面，漫隨流水輕輕飄向遠方。放眼望去，伊人的芳蹤已被無邊的芳草阻隔，好不讓人惆悵。然，這春光明媚，流光溢彩，這芳草萋萋，窈窕佳人，卻原來都是在拂曉時分做的一場春夢罷了。

夢終於醒了，門前萋萋的芳草，還是遮蓋了伊人來過的足跡，徒然在他心頭添了無限別離之恨。茂盛的芳草，驀地使他想起她穿過的翠色羅裙，可惜她早已不在，只留得冷落的庭院、淒迷的古道，一一籠罩在眼前的茫茫煙雨中，更惹他愁緒叢生。

吟詠春草是古代文人津津樂道的永恆主題，名篇佳作迭出，而南宋時期吟物之風更是盛行於道，但平庸草草之作也屢見不鮮。詞人的這闋吟草詞在高手如林的詞家隊伍裡，運用精妙獨特的藝術構思和清麗婉約的風格另起爐灶，透過描寫草色抒發了自己的離愁別恨，獨成一家。

臨江仙・離果州作・鳩雨催成新綠　陸游

鳩雨催成新綠，燕泥收盡殘紅。春光還與美人同：
論心空眷眷，分袂卻匆匆。
只道真情易寫，那知怨句難工。水流雲散各西東。
半廊花院月，一帽柳橋風。

①鳩雨：下雨時節。俗謂鳩鳴為下雨的徵候，因稱。②眷眷：依戀
不捨的樣子。③分袂：離別，分手。④工：細緻，精巧。

RIVERSIDE DAFFODILS LEAVING GUOZHOU
Lu You

The drizzling rain hastens grass to green the place;
Swallows peck clods blended with fallen red.
Spring is as beautiful as a rosy face;
With a lingering heart
She's unwilling to part.

I thought true feeling easy to paint;
But know not it's hard to voice a complaint.
Water flows east or west and clouds wide spread,
Flowers in the yard steeped in moonlight,
On willowy bridge my hat is filled with breeze light.

霏霏細雨在鵓鳩的鳴叫聲中催綠了樹木，忙碌的燕子在築巢時銜盡了雨後堆滿落紅的泥土。世間最大的遺憾，便是春光和美人一樣不長久，相遇的時候，彼此無限眷戀，恨不能長相廝守，一旦分別，卻又總是匆匆得來不及回頭相顧。

只知道真摯的情感最容易用文字表達，誰知道充滿離情別怨的詩句最是難以寫成？水流走了，雲飄散了，終是各奔東西，無可奈何。馬上就要離開果州，前往興元前線，心中自是裹挾著萬丈豪情，放眼望去，皎潔的明月映照著半個花院，心情也變得愈加豁朗，索性信步走上柳絲飄拂的小橋，任由那和煦的清風灌滿我整頂帽子。

　　乾道八年，四十八歲的陸游由夔州通判任上，被四川宣撫使王炎召為幕下幹辦公事。其年正月，陸游從夔州動身前往宣撫使司所在地興元（今陝西漢中市），二月途經果州（今四川南充市）寫下此詞。該詞描繪了果州豔麗的春色，情景交融，疏密相間，明快而不淡薄，輕鬆而見精美，同時也抒發了詞人的惜春之情與友人的離別之愁，以及渴望建功立業的豪情壯志。

　　　　庭院深深——最美的宋詞英譯新詮

青玉案 · 元夕 · 東風夜放花千樹　　辛棄疾

東風夜放花千樹，更吹落，星如雨。寶馬雕車香滿
路。鳳簫聲動，玉壺光轉，一夜魚龍舞。

蛾兒雪柳黃金縷，笑語盈盈暗香去。眾裡尋他千百
度，驀然回首，那人卻在，燈火闌珊處。

①元夕：上元節（元宵節）之夜稱元夕或元夜。②星如雨：指煙火
紛紛、亂落如雨。星，指煙火。形容滿天的煙花。③玉壺：比喻明月。
此處亦可指燈。④魚龍舞：指舞動魚形、龍形的彩燈。⑤蛾兒、雪柳、
黃金縷：皆古代婦女元宵節時頭上佩戴的裝飾品。此處指盛裝的婦
女。⑥千百度：千百遍。⑦驀然：忽然。⑧燈火闌珊：形容燈光稀落、
微暗的樣子。

GREEN JADE CUP
Xin Qiji

One night's east wind adorns a thousand trees with flowers
And blows down stars in showers.
Fine steeds and carved cabs spread fragrance en route;
Music vibrates from the flute; The moon sheds its full light,
While fish and dragon lanterns dance all night.

In gold-thread dress, with moth or willow ornaments,
Giggling, she melts into the throng with trails of scents.
But in the crowd once and again
I look for her in vain. When all at once I turn my head,
I find her there where lantern light is dimly shed.

元夕之夜的煙火恰似被東風吹散的千樹繁花，墜落的過程又彷彿下了一場流星雨。高大的駿馬拉著豪華的香車出現在觀燈的人群中，那氤氳的香氣一路飄灑漫溢，經久不散。悠揚的鳳簫聲響徹雲霄，玉壺般的明月漸漸西斜，眼看著天就要亮了，可人們的興致依然很高，魚燈、龍燈仍在舞個不停。

　　美人們頭上戴著華麗的飾物，笑語盈盈地隨著觀燈的人群緩緩走過，衣香縹緲，儀態萬千。我在人群中將心儀的她尋覓了千回百回，猛然回頭，不經意間卻在燈火零落之處發現了她。

　　這首詞作於南宋淳熙元年或二年。當時，強敵壓境，國勢日衰，偏安江左的南宋統治階級卻不思恢復，終日粉飾太平。洞察形勢的辛棄疾欲力挽狂瀾，卻恨無路請纓，他滿腹的激情、哀傷、怨恨，都交織成了這幅元夕求索圖。王國維《人間詞話》曾舉此詞，認為人之成大事業者，必皆經歷三個境界，而這首詞的境界為第三即最高境。

熱血豪放，也有清新婉約：辛棄疾

　　辛棄疾留傳下來的詞作多達六百餘首，是兩宋存詞最多的詞人，並以其熱忱的愛國思想、積極的創新精神，在文學史上產生過巨大影響。他平生以氣節自負，以功業自許，一生力主抗戰，所以反饋到他的詞作中，多以抗金復國的題材為主旋律，其中不乏英雄失路的悲歎與壯士閒置的憤懣，具有鮮明的時代特色；另外，他還擅長以生動細膩的筆觸描繪江南農村的田園風光、世俗民情，表達了他懷才不遇、只能放浪於山水間的無奈與不得已。他在詞的發展史上做出了傑出貢獻，風格沉雄豪邁又不乏細膩柔媚，在蘇軾豪放詞的基礎上，大大開拓了詞的思想意境，提高了詞的文學地位，後世每當國家民族處於危難之際，很多文人就會從他的詞中汲取精神上的鼓舞力量。

　　他不僅詞寫得極好，還是一個非常了不起的軍事人才，所謂「文武雙全」，用在他身上再恰當不過。他出生的時候，北方已淪陷於金人之手多年，其祖辛贊雖在金國擔任官職，卻是「身在曹營心在漢」，一直希望有機會能夠拿起武器和金人決一死戰，並常常帶著他「登高望遠，指畫山河」。很小的時候，他就不止一次地親眼看過漢人在金人統治下所受的屈辱與痛苦，這讓他在青少年時期就立下恢復中原、報國雪恥的志向。宋高宗紹興三十一年，金主完顏亮大舉南侵，後方的大宋遺民不堪金人嚴苛的壓榨，紛紛奮起反抗，二十一歲的辛棄疾也揭竿而起，聚集了兩千人，參加了由耿京領導的一支聲勢浩大的起義軍，並擔任掌書記一職。

　　不久，完顏亮在前線為部下所殺，金軍向北撤退，他奉命南下與南宋朝廷聯絡，待完成使命歸來的途中，卻聽到耿京被叛徒張安國所殺、義軍潰散的消息，便一不做二不

休，當下就率領五十多人襲擊了幾萬人的敵營，生生把叛徒擒住並將其帶回建康，交給南宋朝廷處決。由於在起義軍中的突出表現，以及他驚人的勇氣和果斷的決策力，使得他名重一時，宋高宗特任命他為江陰簽判，從此開啟了他的仕宦生涯，而這時的他不過才二十五歲，還是個血氣方剛的青年。

從被異族統治的中原故土回歸大宋，辛棄疾表現出氣吞山河的英雄氣概，他堅信只要大家同仇敵愾，就一定能夠收復失地，一雪前恥，所以在任職初期，他就向讚許過他的宋高宗和繼高宗後登臨大寶並銳意光復的宋孝宗提出過抗金北伐的建議，寫下著名的《美芹十論》《九議》等疏文，條陳戰守之策，顯示出其卓越的軍事才能與愛國熱忱。儘管這些建議書在當時深受人們稱讚並廣為傳誦，但朝廷的反應卻始終冷淡，只對他在書中表現出的實際才幹給予了一定重視，先後把他派到江西、湖北、湖南等地擔任轉運使、安撫使一類重要的地方官職，負責治理荒政、整頓治安，然而這些都不是他真正想要的。他唯一想做的就是出兵中原，收復故土，有朝一日能夠像蘇東坡一樣放馬汴京，在樊樓上談笑風生。

偏偏，現實對他表現出殘酷的一面。本以為，從金國回到大宋，憑著自己出色的才幹，他一定能做出一番驚天地泣鬼神的大事業來，卻沒想到，他執著北伐的熱情卻使他被當權者視作異類，而「歸正人」的尷尬身分也局限了他在仕途上的發展，再加上他豪邁倔強的性格，竟使得能文能武的他在官場上難以立足，終其一生，朝廷給予他的最高官職也不過是從四品的龍圖閣待制。他灰心了，失望了，既然無法建功立業，還不如退居田園，享受山水之樂，

庭院深深——最美的宋詞英譯新詮

於是，當四十一歲的他再次出任知隆興府兼江西安撫使時，便決意在上饒建築莊園以安度晚年，並於次年春開工營建帶湖新居，把帶湖莊園取名為「稼軒」，從此自號「稼軒居士」。同年十一月，由於受到彈劾，官職被罷，而其時帶湖新居正好落成，他便帶著家人趕赴上饒，開始了長達二十年的賦閒生活，這期間，除了有兩年曾一度出任福建提點刑獄和福建安撫使外，大部分時間都在鄉間居。

然，二十年漫長的賦閒生活，並沒有消磨辛棄疾的鬥志。儘管身居鄉野，他那顆熾熱而又滾燙的心卻始終關注著朝堂局勢，依然摩拳擦掌著想要奔赴沙場，一舉光復中原故土，為國家建功立業。淳熙十五年冬，其友陳亮從浙江永康專程前往江西拜訪他，二人在鉛山長歌互答，縱談國事，拔劍斬坐騎，盟誓為統一奮鬥不止，辛棄疾更在與陳亮別後所寫的〈賀新郎〉詞中發出「男兒到死心如鐵，看試手，補天裂」的震耳欲聾的吶喊。

嘉泰三年，主張北伐的權相韓侂胄起用主戰派人士，已經六十四歲的他被召為紹興知府兼浙東安撫使，年邁的他精神為之一振。次年，他在晉見宋寧宗時，認為金國「必亂必亡」，被加為寶謨閣待制、提舉佑神觀，並奉朝請，不久後，又出知鎮江府，並獲賜金帶。到任後，他積極響應韓侂胄北伐抗金的決策，按部就班地布置著各項軍事進攻的準備工作，但就在這個時候，獨攬朝政的韓侂胄表現出輕敵冒進的行為，對此他感到憂心忡忡，認為在大戰前應當做好充足的準備，絕不能草率從事，否則難免重蹈覆轍，使北伐再次遭遇失敗，並表現出對韓侂胄極大的失望。在登臨北固亭時，有感於自己報國無門的心痛，憑高望遠，撫今追昔，寫下了傳誦千古的〈永遇樂·京口北固

亭懷古〉。

　　不久後，在諫官們無端的攻擊下，他又被降為朝散大夫、提舉沖佑觀，儘管後來又被委以重任，甚至要給他兵部侍郎的官職，但都被他拒辭不受。開禧三年秋，朝廷再次起用他為樞密都承旨，並以不容推辭的口吻，令他火速趕赴臨安府就任，但詔令抵達鉛山時，他已病重臥床不起，只得再次上奏請辭。同年九月初十，一輩子要強的辛棄疾終是帶著滿心的遺憾病逝於瓢泉莊園，享年六十八歲，據說他臨終時還大呼著「殺賊！殺賊！」可憐一片報國心，到最後都漫隨落花東流去。

6

第六章
日暮歸途

ON THE WAY HOME
IN THE COLD TWILIGHT

破陣子・為陳同甫賦壯詞以寄之・醉裡挑燈看劍　辛棄疾

醉裡挑燈看劍，夢回吹角連營。八百里分麾下炙，
五十弦翻塞外聲。沙場秋點兵。
馬作的盧飛快，弓如霹靂弦驚。了卻君王天下事，
贏得生前身後名。可憐白髮生！

①八百里：指牛。典故出自《世說新語・汰侈》。說王某有一頭珍貴
的牛名為「八百里駁」，有人願意出價千萬與他比試射術，賭注便是
這頭牛，誰料對方一箭獲勝，便立即殺掉八百里駁，將牠烤來吃。
炙：烤肉。「八百里分麾下炙」，意即把牛肉分給部下去烤。②五十
弦：本指瑟，泛指樂器。③翻：演奏。④的盧（ㄉ一ˋ ㄌㄨˊ）：馬名。
一種額部有白色斑點性烈的快馬。⑤天下事：此指恢復中原之事。

DANCE OF THE CAVALRY
Xin Qiji

Though drunk, we lit the lamp to see the glaive;
Sober, we heard the horns from tent to tent.
Under the flags, beef grilled, Was eaten by our warriors brave
And martial airs were played by fifty instruments:
It was an autumn manoeuvre in the field.

On gallant steed, Running full speed,
We'd shoot with twanging bows
Recovering the lost land for the sovereign,
It is everlasting fame that we would win.
But alas! White hair grows!

醉裡挑亮油燈觀看寶劍，夢中又回到號角響徹的營壘。所有的將士都分到了我犒賞給他們的烤肉，樂隊也演奏起鼓舞人心的樂曲。戰爭即將打響，深秋時節，我在沙場上檢閱了氣勢如虹的軍隊。

　　戰馬像劉備的的盧馬一樣跑得飛快，弓箭像驚雷一樣震耳離弦。我一心想替君主完成收復失地的大業，贏得生前身後、世代相傳的美名，可憐壯志未酬，卻已是華髮叢生。

　　宋孝宗淳熙十五年冬，陳亮前往鉛山瓢泉與辛棄疾會見，即第二次「鵝湖之會」。陳亮為人才氣豪邁，議論縱橫，積極主張抗戰，因而遭到投降派的打擊，此次造訪辛棄疾，留十日，別後辛棄疾寫〈賀新郎‧把酒長亭說〉詞寄給陳，陳和了一首，之後二人又用同一詞牌反復唱和，而這首〈破陣子〉大約也作於這一時期。《歷代詩餘》卷一百十八引〈古今詞話〉云：「陳亮過稼軒，縱談天下事。亮夜思幼安素嚴重，恐為所忌，竊乘其廄馬以去。幼安賦〈破陣子〉詞寄之。」此詞追憶了詞人早年帶兵抗金的豪邁情懷，表達了自己殺敵報國、收復失地的理想，同時也抒發了壯志難酬、英雄遲暮的悲憤心情。

永遇樂 · 京口北固亭懷古 · 千古江山

辛棄疾

千古江山，英雄無覓、孫仲謀處。舞榭歌臺，風流
總被、雨打風吹去。斜陽草樹，尋常巷陌，人道寄
奴曾住。想當年，金戈鐵馬，氣吞萬里如虎。

①孫仲謀：孫權，字仲謀。②寄奴：南朝首位皇帝宋武帝劉裕的小名。

JOY OF ETERNAL UNION
Xin Qiji

The land is boundless as of yore,
But nowhere can be found
A hero like the king defending southern shore.
The singing hall, the dancing ground,
All gallant deeds now sent away
By driving wind and blinding rain!
The slanting sun sheds its departing ray
O'er tree-shaded and grassy lane
Where lived the Cowherd King retaking the lost land.
In bygone years,
Leading armed cavaliers,
With golden spear in hand,
Tigerlike, he had slain
The foe on the thousand-mile Central Plain.

庭院深深——最美的宋詞英譯新詮

元嘉草草，封狼居胥，贏得倉皇北顧。四十三年，
望中猶記、烽火揚州路。
可堪回首，佛狸祠下，一片神鴉社鼓。憑誰問：廉
頗老矣，尚能飯否。

③元嘉：劉裕的兒子，宋文帝劉義隆的年號。④草草：指劉義隆北
伐準備不足，草率出兵。⑤封：古代在山上築壇祭天的儀式。⑥佛（ㄅ
一ˋ）狸祠：。北魏太武帝拓跋燾於宋元嘉二十七年擊敗王玄謨的軍
隊以後，在山上建立行宮，即後來的「佛狸祠」。佛狸為拓跋燾的小
名。⑦神鴉：飛來吃祭品的烏鴉。⑧社鼓：社日祭神的鼓樂聲。

His son launched in haste a northern campaign;
Defeated at Mount Wolf, he shed his tears in vain.
I still remember three and forty years ago
The thriving town destroyed in flames by the foe.
How can I bear
To see the chief aggressor's shrine
Worshipped' mid crows and drumbeats as divine?
Who would still care
If an old general
Is strong enough to take back the lost capital?
Where is the Central Plain?

京口勝地，歷經千年變遷，到而今已找不到孫權在此駐紮的具體地點。昔日的歌臺舞榭、風流人物，都被風吹雨打，一一化作了塵土，無處可尋。夕陽斜照著長滿芳草和綠樹的尋常巷陌，人們都說，宋武帝劉裕曾在這裡住過。遙想當年，金戈鐵馬的他，氣吞萬里山河若猛虎，哪個強虜不是他手下敗將？

和劉裕比起來，好大喜功的宋文帝就差遠了。他興兵北伐，想祭天封禮於狼居胥山，不料卻落得個倉皇南逃的結局。登上北固亭望向江北的揚州城，還記得四十三年前的那裡烽火連天，到處都是斷壁殘垣、累累白骨。往事怎忍再顧？卻無奈，離揚州城不遠的瓜埠山上，佛狸祠裡的香火至今依然旺盛，有誰知道那裡曾是入侵中原的異族人拓跋燾建立的行宮？無知的老百姓竟把拓跋燾當作神祇供奉，總能看到烏鴉去那裡啄食祭品，聽到因舉行祭祀擂響的社鼓聲。罷了罷了，說這些有什麼用，我心裡始終掛懷的還是收復那失去的大好河山，可眼下有誰會派人來向我探問：廉頗老了，還能吃得下飯嗎？

> 此詞作於宋寧宗開禧元年，時年六十六歲的辛棄疾受命擔任鎮江知府，戍守江防要地京口。到任後，辛棄疾對獨攬朝政的時相韓侂冑輕敵冒進的做法感到憂心，他認為在戰爭前應當做好充分準備，然而他的意見並未引起當權者的重視。無奈之下，他來到京口北固亭，登高眺遠，懷古憶昔，寫下了這篇激情澎湃、感慨萬千的佳作。

定風波 · 莫聽穿林打葉聲　蘇軾

三月七日，沙湖道中遇雨。雨具先去，同行皆狼狽，余獨不覺，已而遂晴，故作此詞。

莫聽穿林打葉聲，何妨吟嘯且徐行。竹杖芒鞋輕勝馬，誰怕？一蓑煙雨任平生。

料峭春風吹酒醒，微冷，山頭斜照卻相迎。回首向來蕭瑟處，歸去，也無風雨也無晴。

①已而：過了一會兒。②向來：方才。

CALMING THE WAVES
Su Shi

Listen not to the rain beating against the trees.
Why don't you slowly walk and chant at ease?
Better than saddled horse I like sandals and cane.
O I would fain, Spend a straw-cloaked life in mist and rain.

Drunken, I'm sobered by vernal wind shrill, And rather chill.
In front I see the slanting sun atop the hill;
Turning my head, I see the dreary beaten track.
Let me go back! Impervious to wind, rain or shine, I'll have my will.

不用理會穿過樹林的風雨聲，且放開嗓子唱上一曲，慢慢前行。拄著竹杖，穿著草鞋，在風雨中健步如飛，輕便勝過騎馬。怕什麼呢？披上蓑衣，任憑風雨侵襲，我照樣可以瀟灑地度過此生。

料峭的春風吹醒了我的酒意，略微感到有些冷，抬眼一望，冷不防與山頭剛露出臉來的夕陽撞了個正著。回頭望向方才走過的風雨蕭瑟的地方，我自信步歸去，管它是風雨交加還是晴空萬里呢。

這首詞作於宋神宗元豐五年春，是蘇軾因「烏臺詩案」被貶為黃州團練副使的第三個春天。詞人與朋友春日出遊忽遇風雨，朋友深感狼狽，詞人卻毫不在乎，泰然處之，吟詠自若，緩步而行，表現出其曠達超脫的胸襟，同時也寄寓著超凡脫俗的人生理想。

水調歌頭．明月幾時有　蘇軾

丙辰中秋，歡飲達旦，大醉，作此篇，兼懷子由。

明月幾時有？把酒問青天。不知天上宮闕，今夕是
何年？我欲乘風歸去，又恐瓊樓玉宇，高處不勝
寒。起舞弄清影，何似在人間？

①子由：蘇軾的弟弟蘇轍的字。②弄：賞玩。

PRELUDE TO WATER MELODY
Su Shi

How long will the full moon appear?
Wine cup in hand,I ask the sky.
I do not know what time of year
It would be tonight in the palace on high.
Riding the wind, there I would fly,
Yet I'm afraid the crystalline palace would be
Too high and cold for me.
I rise and dance, with my shadow I play.
On high as on earth,
would it be as gay?

水調歌頭・明月幾時有

轉朱閣，低綺戶，照無眠。不應有恨，何事長向別時圓？人有悲歡離合，月有陰晴圓缺，此事古難全。但願人長久，千里共嬋娟。

③綺戶：雕飾華麗的門窗。④何事：為什麼。⑤嬋娟：指月亮。

The moon goes round the mansions red
Through gauze-draped windows to shed
Her light upon the sleepless bed.
Against man she should have no spite.
Why then when people part, is she oft full and bright?
Men have sorrow and joy; they part or meet again;
The moon is bright or dim and she may wax or wane.
There has been nothing perfect since the olden days.
So let us wish that man
Will live long as he can!
Though miles apart,
we'll share the beauty she displays.

明月是什麼時候開始出現的？我端起酒杯悄悄向著蒼天打聽。仙凡有別，不知道天上的宮殿裡，今天晚上又是何年何月。好想乘著清風回到天上，卻擔心在瓊瑤砌成的玉樓上，受不住那高聳雲霄的寒涼。其實又何必回到天上？像現在這樣，一邊在月光下翩翩起舞，一邊低頭玩賞著月光下的清影，不勝卻在月亮上許多嗎？

月亮緩緩轉過朱紅色的樓閣，低低地掛在雕花的窗戶上，照著沒有絲毫睡意的我。明月的心裡不該對人們存在什麼怨恨吧，如果沒有，為何偏偏總是等到人們別離的時候才圓滿呢？唉，算來也不該怪怨明月，人有悲歡離合的變遷，月亮亦有陰晴圓缺的轉換，這種事自古以來就一直難以周全，不是嗎？願只願，思念的人兒健康長壽，縱使相隔千里，也能和我一起共享這美好的月色。

這首詞作於宋神宗熙寧九年中秋，當時蘇軾正在密州任上。蘇軾因與王安石等人政見相左，遂自求外放，輾轉在各地為官。他曾要求調到離胞弟蘇轍較近的地方為官，可直到熙寧七年知密州後，這一願望仍無法實現。熙寧九年中秋，詞人與胞弟自分別之後已七年未得團聚，面對一輪明月，自是心潮起伏，便乘著酒興揮筆寫下這闋流芳千古的名篇。此詞以月起興，圍繞中秋明月展開奇瑰的想像與認真的思考，把人世間的悲歡離合之情納入對宇宙人生的哲理性追尋之中，反映了詞人複雜而又矛盾的思想感情，又表現出作者熱愛生活與積極向上的樂觀精神。

卜算子・黃州定慧院寓居作・
缺月掛疏桐　蘇軾

缺月掛疏桐，漏斷人初靜。誰見幽人獨往來，縹緲
孤鴻影。

驚起卻回頭，有恨無人省。揀盡寒枝不肯棲，寂寞
沙洲冷。

①漏斷：深夜。漏，古人計時用的漏壺。②省（ㄒㄧㄥˇ）：明瞭。

SONG OF DIVINATION
Su Shi

From a sparse plane tree hangs the waning moon;
The water clock is still and hushed is man.
Who sees a hermit pacing up and down alone?
Is it the shadow of a swan?

Startled, he turns his head.
With a grief none behold.
Looking all over, he won't perch on branches dead.
But on the lonely sandbank cold.

彎彎的月亮，高高地懸掛在枝葉稀疏的梧桐上；滴漏聲漸漸斷了，夜已深沉，忙碌了一天的人們終於開始安靜下來。在這三更半夜，有誰見過幽居的人在黑暗中獨自往來徘徊？放眼望去，蒼茫大地，落入眼簾的，唯有那隻在頭頂默默飛過的孤雁，還有牠飛去後留在長空下的縹緲身影。

突地又看到牠驚恐地回過頭來，那倉皇失措的模樣，讓人疑惑牠心中定是藏了些什麼別人無法知道也無法體會的怨恨。就這樣默默地看著牠，但見牠倚著天幕飛過來又飛過去，挑遍了附近所有的寒枝也不肯棲息安頓，卻甘願徘徊在沙洲中忍受著無邊的寂寞淒冷，看來，是真的受到些無法言說的傷害了。

　　此詞作於宋神宗元豐五年十二月，或元豐六年初。定慧院在今天的湖北黃岡市東南，又作定惠院，蘇軾另有〈遊定惠院記〉一文流傳於世。詞人被貶黃州後，內心深處的幽獨與寂寞是他人無法理解的，在這首詞中，蘇軾借月夜孤鴻這一形象托物寓懷，表達了其孤高自許、蔑視流俗的心境。

南鄉子‧集句‧悵望送春懷　蘇軾

悵望送春懷。漸老逢春能幾回。花滿楚城愁遠別，
傷懷。何況清絲急管催。

吟斷望鄉臺。萬里歸心獨上來。景物登臨閒始見，
徘徊。一寸相思一寸灰。

①悵望送春懷：截取唐人杜牧〈惜春〉。②漸老逢春能幾回：選自杜
甫〈漫興九首〉第四首。③花滿楚城愁遠別，傷懷：稍稍改動了許
渾〈竹林寺別友人〉。④何況清絲急管催：選自劉禹錫的〈洛中送韓
七中丞之吳興〉五首之三。⑤吟斷望鄉臺：截取李商隱〈晉昌晚歸馬
上贈〉。⑥萬里歸心獨上來：截取許渾〈冬日登越王臺懷舊〉。⑦景
物登臨閒始見，徘徊：取自杜牧〈八月十二日得替後移居霅溪館，
因題長句四韻〉。⑧一寸相思一寸灰：取自李商隱〈無題〉二首之二。

SONG OF THE SOUTHERN COUNTRY
Su Shi

Wine cup in hand,I see spring off in vain.

How many times can I, grown old, see spring again?

The town in bloom,I'm grieved to be far, far away.

Can I be gay?

The pipes and strings do hasten spring not to delay.

I croon and gaze from Homesick Terrace high;

Coming for miles and miles, alone I mount and sigh.

Things can be best enjoyed in a leisurely way;

For long I stay,

And inch by inch my heart burns into ashes grey.

庭院深深——最美的宋詞英譯新詮

滿腹惆悵地望著手中這杯送春酒，卻歎人生苦短，年華漸老，還能有幾回再見到這姹紫嫣紅的春天。放眼望去，黃州城繁花似錦，而我卻因為遠離親人愁緒叢生，滿心裡都裹挾著無法掩飾的傷感，哪裡還禁受得住送行酒宴上清絲急管奏出的別離之音？

宦海飄零，一路遷徙，距離家鄉的路越來越遠，只能借登臨高臺的機會遠眺故鄉，把思鄉的篇章一再地吟誦，直到哽咽欲泣，再也念不下去。縱使與故土已遠隔了千萬里距離，卻仍然歸心似箭，恨不得立馬就御風而去，同筵的諸君，又有誰會像我這般因為登高便生出這不盡的惆悵？凝眸處，春光無限，卻歎這滿目的花紅柳綠，終不過因為我此身已閒，始得從容登臨，見之真切。輾轉徘徊，暗思量，被謫至此，到而今，君門不可通，神京不可還，愈思念，愈神傷，只怕這寸寸的相思，兜兜轉轉後，還是會化作寸寸的孤寂，若灰寒。

這是一首集句詞，其體式源於集句詩（編按：雜集古人句以成詩。），作於蘇軾貶謫黃州期間，所取唐人詩句不僅與詞人當時的境遇、心態相符，而且信手拈來，仿若己出，使藝術上的再創造獲得了新的生命。

臨江仙·千里瀟湘挼藍浦　秦觀

千里瀟湘挼藍浦，蘭橈昔日曾經。月高風定露華清。微波澄不動，冷浸一天星。

獨倚危檣情悄悄，遙聞妃瑟泠泠。新聲含盡古今情。曲終人不見，江上數峰青。

①挼（ㄋㄨㄛˊ）藍：形容江水的清澈。挼藍，古代按取藍草汁以取青色，同「揉藍」。②露華：露氣、露珠。③危檣（ㄑㄧㄤˊ）：高高的桅桿。④悄悄：憂愁的樣子。⑤妃：此指湘水之神，即舜的兩妃娥皇、女英。

RIVERSIDE DAFFODILS
Qin Guan

I roam along the thousand-mile blue river-shore,
Where floated Poet Qu's orchid boat of yore.
The moon is high, the wind goes down, the dew is clear.
Ripples tranquil appear,
A skyful of stars shiver.

Silent, leaning against the high mast on the river,
I seem to hear the lute of the fairy queen.
Her music moves all hearts now as before.
When her song ends, she is not seen,
Leaving, on the stream but peaks green.

千里瀟湘，煙波浩渺。放眼望去，遠處的小河入江口，水色青碧仿似浸揉藍草做成的染料，那裡，屈原的蘭舟曾經駛過。明月高高地掛在天邊，風漸漸停了，露珠清瑩潤澤。凝眸處，澄澈的水面微波不興，卻經久地蕩漾著一股揮之不去的寒氣，漸漸淹沒了滿天倒映在水中的星子。

　　獨自倚立在高高的桅杆下，心中充滿無限憂思。隱隱地，彷彿聽到淒清的瑟聲從遠處緩緩傳來，似在低低地訴說著千古幽情。一曲終了，卻遺憾自始至終都未見到彈瑟的人，這淒清的夜裡，簡直無聊到極點，而自己唯一能做的，就是默默望向遠方，一座一座地數著江兩岸的青峰。

　　此詞作於紹聖三年秦觀貶徙郴州途中夜泊湘江時。「千里瀟湘」，是詞人的泊舟之處，也是昔日屈原等遷客騷人乘舟經行的地方，詞人因被貶郴州而夜泊湘江，與當年屈原、賈誼等人因懷才不遇而行吟江畔，境遇何等相似。現實的、地理的長河，與歷史的、時間的長河，透過「千里瀟湘」交匯，詞人的命運，也透過「千里瀟湘」與古代遷客們的命運緊緊相連，引發了作者的深沉感慨。

念奴嬌 · 過洞庭 · 洞庭青草　張孝祥

洞庭青草，近中秋，更無一點風色。玉界瓊田三萬頃，著我扁舟一葉。素月分輝，明河共影，表裡俱澄澈。悠然心會，妙處難與君説。

①風色：風勢。②著：附著。③明河：銀河。

THE CHARM OF A MAIDEN SINGER
Zhang Xiaoxiang

Lake Dongting, Lake Green Grass,
Near the Mid-autumn night, Unruffled for no winds pass,
Like thirty thousand acres of jade bright
Dotted with the leaflike boat of mine.
The skies with pure moonbeams o'erflow;
The water surface paved with moonshine:
Brightness above, brightness below.
My heart with the moon becomes one, Felicity to share with none.

應念嶺表經年，孤光自照，肝膽皆冰雪。短髮蕭騷襟袖冷，穩泛滄溟空闊。盡挹西江，細斟北斗，萬象為賓客。扣舷獨嘯，不知今夕何夕。

④蕭騷：稀疏。⑤襟袖冷：形容衣衫單薄。⑥滄溟：大海。⑦挹（一丶）：舀。⑧西江：長江連通洞庭湖，中上游在洞庭以西，故稱西江。⑨萬象：萬物。

Thinking of the southwest, where I passed a year,
To lonely pure moonlight skin, I feel my heart and soul snow-and-ice-clear.
Although my hair is short and sparse, my gown too thin,
In the immense expanse I keep floating up.
Drinking wine from the River West
And using Dipper as wine cup, I invite Nature to be my guest.
Beating time aboard and crooning alone.
I sink deep into time and place unknown.

洞庭湖連著青草湖，無邊無際，氣象萬千，在這中秋將至的時節，居然沒有一點風起的痕跡。放眼望去，煙波浩渺，水天一色，這究竟是美玉的世界，還是瓊瑤的田野？三萬頃清冽的湖水，就這樣載著我那小小的扁舟在湖面上悠悠地遊蕩，怎不令人心曠神怡？皎潔的明月和璀璨的銀河，都在這浩瀚的玉鏡中映出了曼妙的芳姿，水面上下一片澄澈明淨。這怡人的景象，讓我在輕鬆愉悅的心境中體會到萬物的空明，想要把這分美妙的體驗分享給你，卻又不知道該如何才能說得明白。

應該感念這一輪孤光自照的明月才是，這些年孤身徘徊在嶺外，若不是有它的勉勵，我的心地又怎能始終保持光明磊落，就像冰雪般純潔如初？此刻，我正頂著一頭短髮，披著一身單薄的衣衫，迎著撲面而來的寒氣，孤身泛舟在這浩瀚無垠的洞庭湖上，意氣風發，滿腔的壯志絲毫不讓那些後起的青年才俊。現在，就讓我舀盡西江的水，細細地斟在北斗星做成的酒器中，請天地萬物通通來做我的賓客，滿飲下這一杯杯的美酒吧！盡情拍打著船舷，我快樂得手舞足蹈，索性放開喉嚨獨自高歌，又哪裡能記得今夕是何年！

後世對蘇軾與辛棄疾在豪放詞上的繼承和發展關係比較熟悉，卻較少有人注意到張孝祥在蘇、辛之間所發揮的過渡性作用。實際上，張孝祥是南宋豪放詞派重要的奠基人，這首〈念奴嬌〉就是其被廣泛傳誦的代表作。宋孝宗乾道二年，詞人受到政敵讒害而被免職，從桂林北歸途經洞庭湖，即景生情寫下此詞，借洞庭夜月之景，抒發了自己的高潔忠貞和豪邁氣概，同時隱隱透露出被貶謫的悲涼意緒。

摸魚子 · 高愛山隱居 · 愛吾廬　張炎

愛吾廬、傍湖千頃，蒼茫一片清潤。晴嵐暖翠融融
處，花影倒窺天鏡。沙浦迥。看野水涵波，隔柳橫
孤艇。眠鷗未醒。甚占得蓴鄉，都無人見，斜照起
春暝。

①天鏡：指湖面。②迥（ㄐㄩㄥˇ）：遠。③蓴（ㄔㄨㄣˊ）鄉：指隱居之處。
④暝：夜。

GROPING FOR FISH HERMITAGE IN MOUNT HIGH LOVE
Zhang Yan

I love my cot by the lakeside
So fair and wide,
A vast expanse so vague and clear.
On fine days the far-flung hills warm appear,
With flowers reflected in the mirror of the skies.
The sand beach far away,I seem
To see the rippling water beam,
Under the willow trees a lonely boat lies.
The gulls asleep, not yet awake,
Unseen in my native village by the lake.
The setting sun would bring
Twilight to spring.

摸魚子・高愛山隱居・愛吾廬

還重省。豈料山中秦晉，桃源今度難認。林間即是
長生路，一笑原非捷徑。

深更靜。待散髮吹簫，跨鶴天風冷。憑高露飲。正
碧落塵空，光搖半壁，月在萬松頂。

⑤憑高：臨高。⑥碧落：道家認為東方最高的天有碧霞遍布，故稱
「碧落」。後用以指天空。

I meditate:

Who can anticipate

Even Peach Blossom Land

Will witness dynasties fall or stand?

The pathway in the woods will lead to a long life.

I laugh, for it is not a shortcut to win in strife.

It's calm when deep is night,

I would play on my flute with loosened hair

And ride my crane to brave the cold wind in my flight.

I would drink dew on high

And waft in the air.

The moon atop the pines sheds its light

Over the conquered land far and nigh.

讓我鍾情於斯的陋室，依傍在碧波千頃的鏡湖畔，那裡天地清明，氣候爽朗。放眼望去，晴暖的山光與蒼翠的樹色相融，斑駁的花影倒映在平靜的湖面上，遠處是一望無際的沙灘。水波蕩漾處，隔著柳蔭，橫停著一葉小小的孤舟，鷗鳥還在睡夢中沒有醒來。這裡是名副其實的隱逸之鄉，儘管有著美味的蓴羹，卻還是終日闃寂無人，唯有一抹斜陽總是守在薄暮中，默默等候著又一個春夜的降臨。

再三思忖，依然猜不透這風光旖旎的山水世界，究竟是秦時的所在，還是晉時的遺存，那昔日的桃花源，而今已依稀難辨，再也無法抵達。其實，終日徜徉在林間便已是長生之路，又何必執著於尋找桃源？想到這，我不禁釋然一笑，要知道，隱居的生活本就沒什麼捷徑可攀。夜深人靜，凝眸處，玉宇無塵，月光搖晃著緩緩滑過半座山壁，剎那之間，一輪明月便已升起在千萬株松樹匯聚的山巔。此時此刻還等些什麼，且待我披散頭髮，吹簫跨鶴，迎著冷風登仙而去，從此，憑高飲露，遠離塵緣。

> 南宋滅亡後，元世祖至元二年，張炎應召北上抄寫「藏經」，並於次年返身南歸，流寓於山陰（今紹興），在鏡湖隱居，高愛山即其寓所。這首詞表達了他對元朝政權強烈的不滿和敵對情緒。

> 張炎，字叔夏，號玉田，臨安（今浙江杭州）人。南宋覆滅後曾北遊燕趙謀官，後失意南歸，長期寓居山陰，落魄而終。他是宋朝最後一位重要詞人，詞作多寄託鄉國衰亡之痛，備極蒼涼，可以說，他的聲音，也就是南宋末期的時代之聲。著有《山中白雲詞》。

唐多令 · 蘆葉滿汀洲　劉過

安遠樓小集，侑觴歌板之姬黃其姓者，乞詞於龍洲道人，為賦此〈唐多令〉。同柳阜之、劉去非、石民瞻、周嘉仲、陳孟參、孟容。時八月五日也。

蘆葉滿汀洲，寒沙帶淺流。二十年重過南樓。柳下繫船猶未穩，能幾日，又中秋。
黃鶴斷磯頭，故人今在否？舊江山渾是新愁。欲買桂花同載酒，終不似，少年遊。

①侑觴（ㄧㄡˋ ㄕㄤ）：勸酒。②歌板：執板奏歌。③龍洲道人：劉過自號。④黃鶴斷磯：黃鶴磯，在武昌城西，上有黃鶴樓。斷磯，形容磯頭荒涼。⑤渾是：全是。

SONG OF MORE SUGAR
Liu Guo

Reeds overspread the small island; A shallow stream girds
the cold sand.
After twenty years I pass by the Southern Tower again.
How many days have passed since I tied my boat
Beneath the willow tree! But Mid-Autumn Day nears.

On broken rocks of Yellow Crane, Do my old friends still
remain?
The old land is drowned in sorrow new.
Even if I can buy laurel wine for you
And get afloat, Could our youth renew?

蘆葉落滿水中的小洲，寒沙夾帶著汩汩細流在岸邊緩緩流過。光陰似箭，二十年彈指一揮間，而今的我又登上了這舊日的南樓。柳樹下的小舟尚未繫穩，因為過不了幾日便是中秋佳節，我還要趕回去與家人團聚。

　　曾經喧囂繁華的黃鶴磯頭已變得頹敗荒涼，當年一起歡歌笑語著登臨南樓的老朋友們都還好嗎？放眼望去，映入眼簾的是滿目淒寂的舊日江山，卻不意又平添了許多綿綿新愁。想要買上桂花，載著美酒一同去江上泛舟，但終究也不會找回少年時的意氣風發，所以還是算了吧！

　　安遠樓，在武昌黃鵠山上，一名南樓，建於淳熙十三年。姜夔曾自度〈翠樓吟〉詞紀之。其小序云「淳熙丙午冬，武昌安遠樓成，與劉去非諸友落之，度曲見志」，具載其事。劉過重訪南樓，距上次登覽已二十年，其時韓侂冑掌握實權，意欲伐金以成就自己的功名，而當時南宋朝廷軍備廢弛，國庫空虛，將才難覓，一旦挑起戰爭，就會兵連禍結，生靈塗炭。劉過以垂暮之身，逢此亂局，雖風景不殊，卻觸目有憂國傷時之慟，此詞深切地反映了他的心境。

揚州慢・淮左名都　姜夔

淳熙丙申至日，予過維揚。夜雪初霽，薺麥彌望。入其城，則四顧蕭條，寒水自碧，暮色漸起，戍角悲吟。予懷愴然，感慨今昔，因自度此曲。千巖老人以為有「黍離」之悲也。

淮左名都，竹西佳處，解鞍少駐初程。過春風十里，盡薺麥青青。自胡馬窺江去後，廢池喬木，猶厭言兵。漸黃昏，清角吹寒，都在空城。

①至日：冬至。②薺（ㄐㄧ丶）麥：薺菜和野生的麥。③彌望：滿眼。④戍角：軍營中發出的號角聲。⑤黍離：表示故國之思。

SLOW SONG OF YANGZHOU
Jiang Kui

In the famous town east of River Huai
And scenic spot of Bamboo West,
Breaking my journey,I alight for a short rest.
The three-mile splendid road in breeze have I passed by;
It's now overgrown with wild green wheat and weeds.
Since Northern shore was overrun by Jurchen steeds,
Even the tall trees beside the pond have been war-torn.
As dusk is drawing near,
Cold blows the born;
The empty town looks drear.

杜郎俊賞，算而今、重到須驚。縱豆蔻詞工，青樓夢好，難賦深情。二十四橋仍在，波心蕩、冷月無聲。念橋邊紅藥，年年知為誰生？

⑥杜郎：即杜牧。⑦豆蔻：比喻十三、四歲的年輕美少女。⑧紅藥：紅芍藥花，是揚州繁華時期的名花。

The place Du Mu the poet prized,
If he should come again today,
Would render him surprise.
His verse on the cardamon spray
And on sweet dreams in mansions green
Could not express
My deep distress.
The Twenty-four Bridges can still be seen,
But the cold moon floating among
The waves would no more sing a song.
For whom should the peonies near
The bridge grow red from year to year?

揚州自古以來便是淮河東岸的名城，竹西亭則是城中最美的遊覽勝地，所以剛剛抵達這裡，我就迫不及待地解鞍下馬，要在此稍作停留。據說當年這裡有著春風十里的繁華景象，不意而今落入眼簾的，卻是一望無際的麥田和漫山遍野的薺菜。自打金兵進犯江淮又退回北方以後，歷經刀光劍影的揚州城就日漸衰頹了，所以至今，就連當初在戰火中荒廢了的池苑和目睹過兵鋒的大樹，都厭惡說起那場可怕的戰爭。抬頭望望，日已向暮，淒清的號角迅速吹起一身寒涼，那哀婉鏗鏘的聲調久久迴蕩在這劫後餘生的空城上空，只令人感慨萬千。

　　大詩人杜牧曾以優美的詩句把它稱讚，假設他今日舊地重遊，也一定會因為它的殘破驚到目瞪口呆，縱使有豆蔻芳華的神來之筆、青樓夢好的纏綿詩意，也難以在紙箋上寫下他滿腹深情。二十四橋依然還在，只是那橋下的波心，卻蕩漾著一彎淒冷的月色，寂寂，無語。歎，所有的繁華，轉眼都成雲煙空，那橋邊年年都開得如火如荼的紅芍藥，現如今又知是為了誰人綻放如初？

　　　　宋高宗紹興三十一年，金主完顏亮舉兵南侵，江淮軍敗，中外震駭。淳熙三年，姜夔路過揚州，目睹了戰爭洗劫後的蕭條景象，撫今追昔，用清麗洗練的語言，描繪出一幅淒淡空濛的畫面，悲歎今日的荒涼，追憶昔日的繁華，既控訴了金朝統治者發動侵略戰爭所造成的災難，又對南宋王朝的偏安政策有所譴責。

　　姜夔，字堯章，號白石道人，饒州鄱陽（今江西上饒市鄱陽縣）人。精通音律，能自度曲，其詞格律嚴密，是繼蘇軾之後又一難得的藝術全才。儘管在詞作的題材上沒什麼拓展，卻對傳統婉約詞在表現藝術上進行了大刀闊斧的改革，建立起新的審美規範。著有《白石道人詩集》《白石道人歌曲》等。

水調歌頭・定王臺・雄跨洞庭野　袁去華

雄跨洞庭野，楚望古湘州。何王臺殿，危基百尺自西劉。尚想霓旌千騎，依約入雲歌吹，屈指幾經秋。歎息繁華地，興廢兩悠悠。

①危基：高大的臺基。②自西劉：始建於西漢劉發。③依約：連綿不斷。

PRELUDE TO WATER MELODY
PRINCE TING'S TERRACE
Yuan Quhua

Towering over the lakeside
In ancient southern state far and wide,
Whose palace hall is it? And by which prince?
Its base still stands a hundred feet high since.
I fancy a thousand steeds with rainbow flags proud
And songs and music waft into the cloud.
How many autumns have passed so fast!
I sigh over the magnificent capital.
Over its rise and fall!

水調歌頭 · 定王臺 · 雄跨洞庭野

登臨處，喬木老，大江流。書生報國無地，空白九分頭。一夜寒生關塞，萬里雲埋陵闕，耿耿恨難休。徙倚霜風裡，落日伴人愁。

④一夜寒生關塞：比喻金人猝然南侵，攻破關塞。⑤徙倚（ㄒㄧˇㄧˇ）：徘迴。

Where I climb high,
Old is the tree,
The great river flows by.
What can I do to make our motherland free?
Nine-tenths of my hair have grown white,
The cold invades the frontier overnight.
The palaces proud are buried for miles in cloud.
How can my wrath be done?
In vain I'm lost in wind and frost.
My grief is only shared by the setting sun.

庭院深深——最美的宋詞英譯新詮

雄踞洞庭之濱的定王臺，位於古湘州地界，雖歷經千年變遷，尚殘存的臺基依然高聳百尺，它的修建者是西漢景帝之子定王劉發。想當初定王到此遊玩時，一定是：旌旗招展，如虹霓當空；千乘萬騎前呼後擁，聲勢浩大；急管高歌，響遍行雲。然而，斗轉星移，世事幾經輾轉，昔日的繁華盛地，而今已是一派頹敗淒清的景象，只會讓人由衷地感歎一句興廢兩茫茫。

登臺望遠，但見喬木已老，長江依舊咆哮著向東奔流。此情此景，讓我不由得想起淪陷的國土，可憐我一介書生，空懷滿腔報國熱忱，卻沒有用武之地，壯志難酬，徒然愁白了雙鬢。金兵猝然南下，猶如一夜生寒的北風越過邊塞，到處肆虐，就連皇家的陵闕也遭到烏雲壓頂般的毀壞，每每念及於此，都讓我耿耿於懷，愁恨難消。國破山河裂，可我什麼也做不了，只能徘徊往來於秋風寒霜中，任憑那西斜的落日，伴著我深深淺淺的憂愁，在無邊的天際，明明滅滅，滅滅明明。

> 此詞大約作於袁去華出任善化（今長沙市內）縣令期間。詞人在一個深秋時節登上定王臺覽勝，禁不住感慨叢生，作詞緬懷，並將不勝今昔之感昇華為感時傷事的愛國之情。

袁去華，字宣卿，江西奉新（一作豫章）人，約宋高宗紹興末前後在世。善為歌詞，嘗為張孝祥所稱。著有《適齋類稿》《袁宣卿詞》《文獻通考》，今存詞九十餘首。

西江月 · 斷送一生惟有　黃庭堅

老夫既戒酒不飲，遇宴集，獨醒其旁。坐客欲得小詞，援筆為賦。

斷送一生惟有，破除萬事無過。遠山橫黛蘸秋波，
不飲旁人笑我。
花病等閒瘦弱，春愁無處遮攔。杯行到手莫留殘，
不道月斜人散。

①遠山橫黛：指眉毛。②秋波：眼波。③等閒：無端。④遮攔：排遣。

THE MOON OVER THE WEST RIVER
WRITTEN FOR WINE AFTER ABSTENENCE
Huang Tingjian

Nothing dissipates life as you,
Nor rids it of sorrow new.
Before blue-hill-like brow and wave-like eye,
I should be laughed at if I don't drink my cup dry.

For no reason the flower fades.
Could I bar spring grief which invades?
Leave no cup in hand undrunk!
Don't wait till all are gone and the moon sunk.

能夠斷送人一生的唯有手中這杯美酒，但能夠藉以消磨萬事萬物的也只是它。勸酒的伎人個個貌美嬋娟，眉若遠黛，眼含秋波，可惜我早已戒酒不飲，只能婉言謝絕她們的好意，同席的友人見我拒美酒於千里之外，紛紛笑話我太過迂腐。

花像病了一樣，無端地消瘦下去，眼見得春光將盡，便又添了許多憂愁，卻是無處排遣，也無法排遣。看，酒杯都送到手裡了，乾脆就開懷暢飲，來他個一醉方休好了！喝吧，別留著它了，一點也不要剩，又管什麼月斜人散呢！

> 黃庭堅年輕時嗜酒任性，玩世不恭，妻子去世後發願戒酒吃素，直至貶謫黔州才又開戒飲酒。這首詞大約作於元符二年詞人貶謫黔州之後，以戒酒後重又開戒之事為題，表達了作者企圖借酒澆愁的意念和及時行樂的狂放曠達胸懷。

南鄉子・諸將説封侯　黃庭堅

重陽日，宜州城樓宴集，即席作。

諸將説封侯，短笛長歌獨倚樓。萬事盡隨風雨去，
休休，戲馬臺南金絡頭。
催酒莫遲留，酒味今秋似去秋。花向老人頭上笑，
羞羞，白髮簪花不解愁。

①金絡（ㄌㄨㄛˋ）頭：精美的馬籠頭，代指功名。

SONG OF A SOUTHERN COUNTRY
WRITTEN ON MOUNTAIN-CLIMBING DAY
Huang Tingjian

Generals talk of nobility or long;
I lean on balustrade, listening to flute song.
Everything will be gone with wind and rain,
In vain, in vain! The golden bridle of the steed can't long
remain.

Drink wine without delay!
It tastes as good now as last Mountain-Climbing Day.
Flowers would smile on an old man's head,
Blush and go red. To rid of grief white hair with flowers will
be wed.

各位將領都忙著在宴席上議論建功封侯之際，我卻獨倚高樓，和著悠揚的笛聲縱情放歌。世事多滄桑，一切的榮辱得失，都在風吹雨打中悄然而逝，有什麼能夠千秋萬載？罷了罷了，人生苦短，何必計較太多？當年宋武帝劉裕在重陽節登臨戲馬臺宴集群臣的盛景，已經一去不返，到而今，不就只剩下戲馬臺南那金色的馬籠頭了嘛！

往事已矣，就讓它隨風飄逝，眼下，最要緊的還是開懷暢飲，酒中作樂。杯中的佳釀依舊和去年一樣芬芳甘醇，現在，就請舉起手中的酒杯滿飲，切莫辜負了這大好的秋光，更不要辜負了這杯中的美酒。酒興盎然的我已顧不上年紀老大，隨手摘下一朵鮮花悄悄簪在了霜白的鬢髮間，恍惚中，卻彷彿聽到花兒在頭上笑話我說：你這為老不尊的傢伙，真是一點兒也不害臊，縱使你頭上戴滿了花，你也不懂得如何消愁。

> 宋徽宗崇寧四年重陽節，貶謫宜州後的黃庭堅和幕僚們一起登上城樓宴集，並寫下此詞。重陽節登樓宴集，本是件賞心樂事，可黃庭堅此時卻以六十歲的高齡被貶置蠻荒，自有無限悲涼淒苦積於胸中。據《道山清話》記載：「山谷之在宜州，其年乙酉，即崇寧四年也。重九日，登郡城之樓，聽邊人相語：『今歲當鏖戰取封侯！』因作小詞云云，倚闌高歌，若不能堪者。是月三十日果不起。」若記載屬實，那這首詞很可能就是詞人的絕筆之作。

水調歌頭 · 遊覽 · 瑤草一何碧　　黃庭堅

瑤草一何碧，春入武陵溪。溪上桃花無數，花上有黃鸝。我欲穿花尋路，直入白雲深處，浩氣展虹霓。只恐花深裡，紅露濕人衣。

坐玉石，欹玉枕，拂金徽。謫仙何處，無人伴我白螺杯。我為靈芝仙草，不為朱唇丹臉，長嘯亦何為？醉舞下山去，明月逐人歸。

①金徽：金飾的琴徽，用來定琴聲高下之節。這裡指琴。②螺杯：用白色螺殼雕製而成的酒杯。

PRELUDE TO WATER MELODY
Huang Tingjian

How could grass be so green?O Spring
Enters the fairy stream, Where countless peach blooms beam,
And on the branch of the tree golden orioles sing.
I try to find a way through the flowers so gay,
Straight into clouds so white, To breathe a rainbow bright,
But I'm afraid in the depth of the flowers in my view,
My sleeves would be wet with rosy dew.

I sit on a stone and, Lean on a pillow of jade,
A tune on golden lute is played. Where is the poet of the fairyland?
Who would drink up with me my spiral cup?
I come to seek for the immortal's trace,
Not for the rouged lips and powdered face.
Why should I long, long croon?
Drunk,I would dance downhill soon, Followed by the bright moon.

瑤草像碧玉一樣嫩綠可愛，在春天來臨的時候，它偷偷尾隨著春風，悄沒聲息地漫入武陵溪中，迅即染綠了一溪流水。溪頭綻放著一眼望不到邊際，怎麼數也數不清的桃花，黃鸝在花枝上飛來竄去，輕輕地鳴唱，那聲聲婉轉的細語，轉瞬間便把整個春天都打開了。我想要穿過茂密的花叢尋找出路，直抵白雲深處，在那漫天飛舞的霓虹中將胸中的浩然正氣一一吐出，卻又擔心花深處露水會沾濕了衣服。

　　坐在玉石上，靠在玉枕邊，我自撥弄著琴，縱情放歌。放眼望去，那些被貶謫下凡的仙人而今卻在哪裡，為什麼沒一個出現在我面前，要陪我就著那白色的螺杯，盡情地喝他個一醉方休？要知道，我此次前來，只為尋找靈芝仙草，不是為了那些浮華濃豔的桃花，自也不會因為在意功名富貴而憂愁長歎。好了好了，喝醉了就手舞足蹈地下山去吧，看，明月當空照，似乎已在驅逐我趕緊回家呢。

　　　　黃庭堅曾參加編纂《神宗實錄》，以文字譏笑神宗的治水措施，後被誣為「幸災謗國」，於晚年兩次被貶官西南。此詞為黃庭堅貶謫期間春行紀遊之作，採用幻想的鏡頭，描繪出神遊「桃花源」的情狀，反映了詞人出世、入世交相衝撞的人生觀，表達了他對社會現實的不滿，以及不願媚世求榮、與世同流合污的高尚品德。

虞美人‧宜州見梅作‧天涯也有江南信　黃庭堅

天涯也有江南信，梅破知春近。夜闌風細得香遲，
不道曉來開遍向南枝。

玉臺弄粉花應妒，飄到眉心住。平生個裡願杯深，
去國十年老盡少年心。

①飄到眉心住：宋武帝女壽陽公主日臥於含章殿下。梅花落於公主
額上，拂之不去。詞中意謂由於群花的妒忌，梅花無地可立，只好
移到美人的眉心停住。②個裡：箇中、此中。③去國：離開朝廷。

THE BEAUTIFUL LADY YU
Huang Tingjian

Message comes from the south to the end of the sky,
When mumes burst open, spring is nigh.
At dead of night the wind is slight, your fragrance late.
Who knows at dawn your branches bloom at southern gate?

You're envied by powder of the Terrace of Jade;
You waft amid the brows and will not fade.
All my life long I love you with wine cup in hand;
My young heart oldens ten years away from homeland.

即使人在天涯，也能看到江南常見的梅花，從它含苞待放的那一刻起，我便知道春天的腳步已經近了。夜深人靜，風微微地吹過，梅香未透，本以為它一時半會還不會綻放，卻不意第二天拂曉一覺醒來，就看到梅花已開滿了朝南的樹枝。

在玉臺綻放出別樣的風姿，自然會招惹群芳的嫉妒，所以前朝的梅花才會飛離枝頭，落到壽陽公主的眉心居住。我這一生歷盡坎坷，也若梅花般總是受到同僚的排擠，所以唯願與美酒深交。自離開京城這十年來，種種的不公與磨難，早就把我少年時的意氣風發消耗殆盡了，所以也只能借著手中的這杯酒，聊以驅愁罷了。

此詞作於宋徽宗崇寧三年詞人到達宜州的冬天，他初次被貶是宋哲宗紹聖元年，至此恰好十年。全詞以詠梅為中心，把天涯與江南、垂老與少年、去國十年與平生作了一個對比性總結，既表現出天涯見梅的喜悅，又抒發了不勝今昔之慨，流露出作者心中鬱結的不平與憤懣。

訴衷情‧當年萬里覓封侯　　陸游

當年萬里覓封侯，匹馬戍梁州。關河夢斷何處？塵暗舊貂裘。

胡未滅，鬢先秋，淚空流。此生誰料，心在天山，身老滄洲。

①秋：秋霜，比喻年老鬢白。

TELLING THE INNERMOST FEELING
Lu You

Alone I went a thousand miles long, long ago
To serve in the army at the frontier.
Now to the fortress town in dream I could not go,
Outworn my sable coat of cavalier.

The foe not beaten back,
My hair no longer black,
My tears have flowed in vain.
Who could have thought that in this life I would remain
With a mountain-high aim
But an old mortal frame!

遙憶當年，為報效國家，尋找建功立業的機會，我毅然投筆從戎，歷盡萬里風雨飄搖，單槍匹馬，一路奔赴荒遠的梁州，戍守在邊關。而今我已調離前線，那些和將士們一起駐紮在關河要塞度過的日子，種種的情形，怕只能一次又一次地出現在夢中了。然，每次夢到邊疆，醒來之後卻又疑惑，不知道自己究竟身在何處，回首望去，舊時出征穿過的貂裘早已落滿了灰塵。

　　放眼西北，神州陸沉，那侵略中原故土的胡虜尚未消滅殆盡，我兩鬢的青絲卻先霜白了。流年暗度，尺功未建，江河淪落，滿目瘡痍，可憐我空有滿腔抱負，卻只能任由感傷的淚水白白地流淌。歎，人生如夢，有誰能預料到生命的旅程中會發生些什麼？本想著，全心全意地抗敵在天山，未曾料，到臨了卻要老死在家鄉的水邊！

　　　宋孝宗乾道八年，陸游從夔州前往前線南鄭，度過了八個多月的戎馬生涯，是他一生中最值得懷念的一段歲月。淳熙十六年，陸游被彈劾罷官後，退隱山陰故居長達十二年，這期間詞人時常回首軍中往事，寫下了一系列愛國詩詞，〈訴衷情〉便是其中一篇。透過今昔對比，此詞鮮明地刻畫了一位愛國志士的坎坷經歷和不幸遭遇，表達了詞人壯志未酬、報國無門的悲憤之情。

水龍吟·落葉·曉霜初著青林　王沂孫

曉霜初著青林，望中故國淒涼早。蕭蕭漸積，紛紛
猶墜，門荒徑悄。渭水風生，洞庭波起，幾番秋杪。
想重崖半沒，千峰盡出，山中路、無人到。

①望中：視野之中。②故國：指南宋故地。③蕭蕭：草木搖落之聲。
④秋杪（ㄇㄧㄠˇ）：暮秋。

WATER DRAGON CHANT TO FALLEN LEAVES
Wang Yisun

The green forest is lost in morning frost;
I think my homeland should look sad and drear.
Shower by shower you pile up high,
Leaves on leaves fall and sigh,
On the lane or before the door.
On the stream the breeze blows;
In the lake the waves roar,
Deeper and deeper autumn grows.
You cover half the hills high and low,
Bare peaks appear,
On mountain path few come and go.

前度題紅杳杳。溯宮溝、暗流空繞。啼螿未歇，飛鴻欲過，此時懷抱。亂影翻窗，碎聲敲砌，愁人多少。望吾廬甚處，只應今夜，滿庭誰掃？

⑤螿(ㄐㄧㄤ)：蟬的一種。⑥碎聲：此指落葉聲。⑦砌：臺階。⑧甚：何。

No more verse on red leaf flows
From palace dike down
To wind around an empty town.
Cicadas trill without cease,
High up fly the wild geese,
They seem to know how my heart sighs.
How much it grieves
To see the shadow of falling leaves
And hear the sound when they scratch the ground.
I stretch my eyes
To see leaves cover my cot before the day.
Who will sweep them away?

晨曦中的寒霜初初籠罩著蒼翠的樹林，遠遠望過去，視野中的故國早就是一片淒涼景象。地上的落葉越積越多，枝頭的葉子眼看著馬上也都要紛紛墜落，門前一片荒蕪，路邊盡染蕭瑟。渭水上寒風又起，洞庭上湖波再湧，幾次三番地與暮秋相逢，怎一句淒寂了得？想來那重巒疊嶂的遠山，一半兒都已被枯枝敗葉掩蓋，千座峰頭盡是萬木凋零之象，通往山上的路徑，再也沒人能夠抵達。

從前紅葉題詩的故事已無緣再見，沿著官溝的方向一路而上，但見暗流空自繞著寂寞打轉，冉冉不絕。寒蟬淒切的哀鳴還沒有停歇，鴻雁想要飛越高山卻難以逾過障礙重重的山頭，此情此景，正彷彿我胸中堆積的悲傷與無奈，無法形容，更無法言說。回到客舍，獨自守候在寂寞的秋夜，看樹葉紛亂地飄落於窗前，聽落葉掉在臺階上發出的窸窣聲，那愁緒更是鋪天蓋地地撲面而來。想必，這樣的愁苦也不止我一人感受到了，天下之大，又有幾人能逃得過這傷春悲秋之苦？抬頭，默默望向遠方，我的家到底在哪裡，今夜裡，那滿院的落葉又該誰來替我打掃？

> 詞人運用嫻熟的筆法，將主觀想像和客觀景象融匯在一起，使其故國之思表達得自然而深刻，體現了作者在國破家亡之際難以排遣的抑鬱之情與淒涼境地。

王沂孫，字聖與，號碧山，會稽（今浙江紹興）人。工詞，含蓄深婉處類周邦彥，清峭處又頗似姜夔，與周密、張炎、蔣捷並稱「宋末四大家」。著有詞集《碧山樂府》，儘管僅存六十四首詞作，但尤為後人推崇。

漁家傲 · 和程公辟贈別 ·
巴子城頭青草暮　張先

巴子城頭青草暮，巴山重疊相逢處。燕子占巢花脫樹。杯且舉，瞿塘水闊舟難渡。

天外吳門清雪路。君家正在吳門住。贈我柳枝情幾許。春滿縷，為君將入江南去。

①清雪（ㄓㄚˊ）：指雪溪，在今浙江吳興。②春滿縷：指剛折下的柳枝，春意盎然。

PRIDE OF THE FISHERMEN
FAREWELL TO CHENG GONGBI
Zhang Xian

By western city wall at dusk the grass grows green,
The western hills on hills where we met form a screen.
The swallows in the nest, flowers fall from the tree.
We drink wine cup in hand,
It's hard to sail between the cliffs for our homeland

Your home at citygate and mine by riverside,
They are not separated by a river wide.
How deep your love to break a willow twig for me
It's filled with spring,
A sprig to your home on the southern shore I'll bring.

渝州城頭，芳草萋萋，卻無奈春已近暮。巴山青翠，峰巒重疊，我倆有幸在此相逢。燕子覓巢，春花辭樹，我也將回到故鄉湖州，不妨舉起酒杯，和你一起，喝他個一醉方休，因為前方途經的瞿塘峽山高水急，自古行舟艱難，這一路恐怕再也不能夠開懷暢飲。

遠在天外的蘇州，連著通往湖州霅溪的路，我知道君家便住在那人間的天堂姑蘇城，離我家不過咫尺之遙。送別的路口，你款款折下一枝柳條贈我，真是情深意重，而我，也將手持這蕩漾著滿縷春意的柳枝，為你一直把它捎到江南。

北宋皇祐四年，六十三歲的張先以屯田員外郎的身分出知渝州（今重慶），不久離任，而程師孟其時正在夔州（今四川奉節）路提點刑獄任上。渝州屬夔州路，張先和程師孟又恰好都是江南人，他們在異鄉相逢卻又將天各一方，所以臨別前分別以詞贈答，抒發了二人依依惜別的情懷。

訴衷情近 · 雨晴氣爽　柳永

雨晴氣爽，佇立江樓望處。澄明遠水生光，重疊暮
山聳翠。遙認斷橋幽徑，隱隱漁村，向晚孤煙起。
殘陽裡。脈脈朱闌靜倚。黯然情緒，未飲先如醉。
愁無際。暮雲過了，秋光老盡，故人千里。竟日空
凝睇。

①聳翠：形容山巒、樹木等高聳蒼翠。②向晚：臨近晚上。③孤煙：
遠處獨起的炊煙。④老盡：衰竭。⑤凝睇（ㄉㄧ丶）：注目、注視。

TELLING INNERMOST FEELING
Liu Yong

The air is fresh on a fine day after the rain,
I stand in a riverside tower and gaze.
Afar the water stretches clear and bright,
Green hills on hills tower in the twilight.
I find the broken bridge and quiet lane
In fisher's village veiled in haze,
At dusk I see lonely smoke rise.

Seeing the sun sink, Silent I lean on railings red,
With sorrow fed, I'm drunk before I drink.
Boundless is my grief cold,
Evening clouds pass before my eyes.
Autumn turns old. My friends stay miles away;
In vain I gaze all the long day.

雨過天晴，秋高氣爽，我默默登上江邊的樓臺，佇立遠望，將滿江的秋色一一收入眼底。遠去的江水澄澈明淨，粼粼生光，兩岸的山峰在暮色中連綿起伏，重巒疊翠。極目遠眺，我漸漸辨認出斷橋下幽僻的小徑，還有那影影綽綽的漁村，一縷孤獨的炊煙正在暮色的黃昏中嫋嫋升起。

夕陽西下，我靜靜倚靠在朱紅色的欄杆上，依舊獨自凝望著遠處，如癡如醉。突地，一腔離愁毫無預兆地爬上心頭，無邊無際，大好的心情也跟著無端地變得抑鬱，沒有喝酒，卻已進入醺醺而醉的狀態。看，暮雲早已散盡，秋光也已遲暮，故人更遠隔了千里的距離，除了終日無奈地凝望著遠方默然不語，我還能做些什麼？

柳永在景祐元年考中進士之前的數年間，曾像斷梗的浮萍一樣漫遊於江南各地，這首〈訴衷情近〉就是其漫遊之際所作的一首思念汴京故人的詞作。

八聲甘州・對瀟瀟暮雨灑江天　柳永

對瀟瀟暮雨灑江天，一番洗清秋。漸霜風淒緊，關河冷落，殘照當樓。是處紅衰翠減，苒苒物華休。惟有長江水，無語東流。

①是處：到處。②苒苒（ㄖㄢˇ）：漸漸。③物華：美好的景物。

EIGHT BEATS OF GANZHOU SONG
Liu Yong

Shower by shower
The evening rain besprinkles the sky
Over the river,
Washing cool the autumn air far and nigh.
Gradually frost falls and blows the wind so chill
That few people pass by the hill or rill.
In fading sunlight is drowned my bower.
Everywhere the red and the green wither away;
There's no more splendor of a sunny day.
Only the waves of River Long
Silently eastward flow along.

八聲甘州‧對瀟瀟暮雨灑江天

不忍登高臨遠，望故鄉渺邈，歸思難收。歎年來蹤跡，何事苦淹留。想佳人妝樓顒望，誤幾回、天際識歸舟。爭知我，倚闌干處，正恁凝愁！

④淹留：久留。⑤顒（ㄩㄥˊ）望：抬頭遠望。⑥爭：怎。⑦恁（ㄖㄣˋ）：如此。

I cannot bear

To climb high and look far, for to gaze where

My native land is lost in mist so thick

Would make my lonely heart homesick.

I sigh over my rovings year by year.

Why should I hopelessly linger here?

From her bower my lady fair

Must gaze with longing eye.

How oft has she mistaken home bound sails

On the horizon form mine?

How could she know that I,

Leaning upon the rails,

With sorrow frozen on my ace, for her I pine!

326 庭院深深——最美的宋詞英譯新詮

暮色中，望向這一場灑落在長江和蒼天交界之處的急雨，只覺得眼前的世界彷彿被浣洗一新。漸漸地，淒冷的寒風和著瀟瀟的暮雨，鋪天蓋地地侵襲而來，山河大地迅即被染上重重的冰冷落寂，那落日的餘暉也跟著斜斜地映照在我佇立的江樓，卻讓人感到更加的悽楚無奈。放眼望去，滿目淒涼，到處都是殘花凋葉，那些美好的景色漸漸變得頹敗衰殘，唯有腳下的長江水依舊如初，默默向東流去。

　　其實我一直都不忍登高望遠，每每登臺，想到故鄉在那遙遠得觸目無法企及的地方，強烈的歸思便一發不可收拾。歎，這些年來，我一直四處奔波流浪，究竟是為了什麼，偏偏要滯留在他鄉，苦苦地思念，苦苦地掙扎？暗自揣測，那遠方與我情意相篤的佳人，也一定因為難耐的相思，天天都登上江邊的畫樓，急切地找尋著我的身影，卻又一次一次地誤認了別人的歸舟。可知道，現在，我正倚著欄杆苦苦地眺望，心中充滿了思念的憂愁苦悶？

> 　　這首詞抒寫了詞人漂泊江湖的愁思和仕途失意的悲慨。全詞語淺情深，透過描寫羈旅行役之苦，感歎經年的漂泊生涯，表達了強烈的思歸情緒，也寫出了封建社會知識分子懷才不遇的典型感受，是傳誦千古的名篇佳作。

踏莎行 · 祖席離歌　晏殊

祖席離歌，長亭別宴。香塵已隔猶回面。居人匹馬
映林嘶，行人去棹依波轉。

畫閣魂消，高樓目斷。斜陽只送平波遠。無窮無盡
是離愁，天涯地角尋思遍。

①祖席：古代出行時祭祀路神叫「祖」。後來稱設宴餞別的所在為「祖
席」。②尋思：不斷思索。

TREADING ON GRASS
Yan Shu

The farewell song is sung for you;
We drink our cups and bid adieu.
I look back though fragrant dust keeps you out of view.
My horse going home neighs along the forest wide,
Your sailing boat will go farther with rising tide.

My heart broken in painted bower,
My eyes worn out in lofty tower,
The sun sheds departing rays on the parting one.
Boundless and endless will my sorrow ever run;
On earth or in the sky it will never be done.

餞行的酒席上唱著離別的悲歌，送別的長亭裡正在舉行一場別離的宴會。隔著漠漠的香塵，遠去的人兒仍頻頻回首，依依惜別，難分難捨。送行人的馬正隔著樹林在嘶叫，行人的歸舟卻已隨著江波漸去漸遠。

畫閣上，我黯然魂銷；高樓望遠，目斷天涯。平靜的江波映照著落日餘暉，默默延伸向遙遠的天邊，那離情別緒又添了一重。歎，人世間無窮無盡又揮之不去的最是離愁，無論如何，那顆思念的心也要飛到天涯地角尋他個遍。

此詞用清麗婉約的筆觸，緩緩勾勒出一幅栩栩如生的春江送別圖，情境如畫，溫潤含蓄，令讀者置身其間，真切地感受到詞人的纏綣情深。唐圭璋《唐宋詞簡釋》謂這首小詞「足抵一篇〈別賦〉」。

浪淘沙‧把酒祝東風　歐陽修

把酒祝東風，且共從容。垂楊紫陌洛城東。總是當時攜手處，遊遍芳叢。

聚散苦匆匆，此恨無窮。今年花勝去年紅。可惜明年花更好，知與誰同？

①紫陌：紫路。洛陽曾是東周、東漢的都城，據說當時曾用紫色土鋪路，故名。②洛城：指洛陽。

SAND-SIFTING WAVES
Ouyang Xiu

Wine cup in hand, I drink to the eastern breeze:
Let us enjoy with ease! On the violet pathways
Green with willows east of the capital,
We used to stroll hand in hand in bygone days,
Rambling past flower shrubs one and all.

In haste to meet and part, Would ever break the heart.
Flowers this year
Redder than last appear.
Next year more beautiful they'll be.
But who will enjoy them with me?

端起酒杯向東風祈禱，請你再多留些時日，不要著急離去。洛陽城東，那垂柳婆娑的郊野小徑，就是我們去年攜手同遊的地方，今天，我們仍要遊遍當初走過的花叢。

　　聚散總是匆匆復匆匆，離別的愁恨最是無窮無盡。今年的花開得要比去年的還紅，明年的花一定會開得更好，只可惜到那時，卻又不知道將會和誰一起去看一場花開的絢麗。

　　　　宋仁宗天聖九年三月，歐陽修被西京留守錢惟演召至洛陽幕中做推官，與同僚尹洙和河南縣主簿梅堯臣等結為至交，同年秋梅堯臣調任河陽（今河南孟州南）主簿，直至次年即明道元年春才再至洛陽，與歐陽修同遊，並寫有〈再至洛中寒食〉和〈依韻和歐陽永叔同游近郊〉等詩，而此詞即為歐陽修有感於和梅堯臣舊地同遊而作。

青玉案 · 被檄出郊題陳氏山居 ·
西風亂葉溪橋樹　　張榘

西風亂葉溪橋樹。秋在黃花羞澀處。滿袖塵埃推不
去。馬蹄濃露，雞聲淡月，寂歷荒村路。

身名多被儒冠誤。十載重來漫如許。且盡清樽公莫
舞。六朝舊事，一江流水，萬感天涯暮。

①儒冠：借指儒生。②清樽：酒器。此處指清酒。③暮：傍晚；將
盡的；衰頹的。

GREEN JADE CUP WRITTEN ON A HILL HOUSE
Zhang Ju

Leaves fallen from the creekside trees, Run riot in the breeze;
I see autumn in yellow chrysanthemums shy.
How can I clean my dusty sleeves?
Horse hoofs seem lost, In heavy frost,
The village on lonely pathway grieves,
Cocks crow at the waning moon in the sky.

Rank and fame are not won, By the hard-working one.
Ten years later I come again, slow I remain.
Do not dance but drink your cup dry.
The splendor of six dynasties is gone in vain
With the running water of the stream.
I feel on earth all like a dream.

西風吹亂溪橋旁的枝葉，秋天在菊花羞答答地綻放之際如期來臨，那沾滿衣袖的塵埃怎麼也拂之不去。曉行的馬匹踏著濃重的露水，淡淡的月光下傳來幾聲雄雞的啼鳴，我孤身一人，正向著僻靜荒涼的山村進發。

　　今生的功名，都被儒生們習文入仕的學說所貽誤，時隔十載，舊地重遊，風物還是從前的模樣，而我已白白蹉跎了歲月。困頓中姑且飲盡杯中的清酒聊以自慰，那些官場中的得勢者也不要太過得意：六朝經歷過多少榮辱盛衰的興亡事，到最後還不是像一江流水那樣，都湮沒在了歷史的長河中？想到這裡，我的身名之慨、家國興亡的歷史滄桑感都一齊湧上心頭，然而天涯已暮，家事國事只怕已都無力回天。

　　　　此詞先是透過細緻入微的景物描繪，將一幅荒村行路圖生動逼真地呈現在讀者面前，隨後便層層深入，將包括了對時光易逝、人生無常的感慨，對官場得勢小人的諷刺，對國家命運以及個人前途的擔憂，以及對自己被儒學所誤的哀歎等複雜的思想感情，都一一生動地表露了出來，似直而紆，似達而鬱。

　　張矱，字方叔，號芸窗，南徐（今江蘇鎮江）人，約宋寧宗嘉定初前後在世。著有《芸窗詞稿》一卷，《四庫總目》傳於世。

月上瓜洲·南徐多景樓作·江頭又見新秋　張輯

江頭又見新秋，幾多愁？塞草連天何處，是神州？
英雄恨，古今淚，水東流。惟有漁竿明月、上瓜洲。

The Moon over Melon Islet
Zhang Ji

How much grief to see the autumn wind blows
By the riverside again!
Frontier grass skyward grows.
Where's the lost Central Plain?

Our heroes' tear on tear,
Though shed from year to year,
With the eastward-going river flows.
Only the moonshine
With my fishing line
On Melon Islet goes.

默默登臨多景樓，望著眼前滾滾逝去的長江水，才意識到，又一個秋天已經來臨，卻不知道在這個蕭瑟的季節裡，又會衍生出幾多惱人的愁緒來。這裡本是人煙聚集的繁華富庶地，而今放眼望去，卻只見連天的荒草，哪裡還有一點中原故國的影子？

　　古往今來，孫權，劉備，多少英雄人物曾在這裡留下無盡的遺恨，徒令後世登臨的人灑下一捧捧弔古傷今的悲淚。俱往矣，一切的一切，都已漫隨長江之水東流去，卻恨我空有滿腔的報國之志，卻又報國無門，只能在江邊手持漁竿，看著秋月從水中冉冉爬上瓜洲。

> 　　這首詞借寫多景樓月夜之景，將現實和幻想完美地糅合在一起，營造出一種迷惘境界，抒發了詞人報國無門、落魄抑鬱的無奈與憤懣，亦表現了其深摯強烈的愛國熱情。

> 　　張輯，字宗瑞，鄱陽（今江西鄱陽縣）人。得詩法於姜夔，與馮去非交好。黃升《中興以來絕妙詞選》卷九云：「有詞二卷，名《東澤綺語債》，朱湛盧為序，稱其得詩法於姜堯章，世所傳《欸乃集》，皆以為採石月下謫仙復作，不知其又能詞也。其詞皆以篇末之語而立新名云。」

夜合花·自鶴江入京泊葑門外有感·柳暝河橋 吳文英

柳暝河橋，鶯晴臺苑，短策頻惹春香。當時夜泊，溫柔便入深鄉。詞韻窄，酒杯長。蕭蠟花、壺箭催忙。共追遊處，凌波翠陌，連棹橫塘。

①葑（ㄈㄥ）門：唐蘇州吳縣城東門。②臺苑：指蘇州姑蘇臺的苑圃。③策：鞭打、驅使。④蠟花：燃燒後的燭芯。⑤壺箭：古代的計時儀器。銅壺裝水滴漏，壺中有箭標識時辰。⑥翠陌：長著青草的道路。

NIGHT FLOWER
Wu Wenying

The bridge o'ershadowed by a willow tree,
Orioles warbling over sunny bowers,
Our ride was often sweetened by spring flowers.
When our boat in delight
Was moored at night,
My tender love went deep into the land with me.
We wrote verse line,
Long we drank wine,
And trimmed lamp wick:
Time passed so quick.
Can I forget our land or river trip
By rowing boat or flipping whip?

十年一夢淒涼。似西湖燕去，吳館巢荒。重來萬感，
依前喚酒銀罌。

溪雨急，岸花狂。趁殘鴉、飛過蒼茫。故人樓上，
憑誰指與，芳草斜陽。

⑦銀罌（一ㄥ）：銀製的酒器。罌，小口大肚的瓶子。

Like dreary dreams ten years have passed.
The swallows have flown over the Lake of the West,
Leaving in ancient palace but an empty nest.
I feel so sad and drear
When again I come here.
I call for silver cups of wine as before;
Over the brook the rain comes fast
And falling petals run riot on the shore,
E'en the lingering crows fly across the sky vast.
In the bower where lived my dear, alas!
Who'd grieve at sunset over fragrant grass!

濃密的柳蔭遮住了整座河橋，黃鶯在晴空朗照的姑蘇臺上放聲歌唱，我一次次策馬奔向你，卻不意招惹了一路盛開的春花。那次夜泊蔚門，你儂我儂，很快便進入溫柔鄉，自是兩情繾綣。卻恨自己才疏學淺，不想被有限的韻律束縛，那晚索性什麼也沒為你寫，只與你共飲清觴，共剪燈花，直鬧到更深人靜。而今追憶當初與你一起嬉遊的地方，總是忘不了你踩著輕盈的腳步，流連在香陌上的嬌憨模樣，還有我們兩舟相並，蕩漾在城南橫塘上的情景。

怎麼能夠忘記？你走了，轉眼已是十個年頭。人生如夢，夢醒後更加淒涼，那分沉甸甸的感覺久久縈繞在心，揮之不去。歎，人去樓空，恰似那西湖上的燕子飛去，又似是館娃宮的燕巢已荒。兜兜轉轉，今日我又來到蔚門外，想起前塵往事，自是百感交集，照例向酒家要了用銀罌盛滿的美酒，一邊珍重著想你，一邊在橋下酌酒。驀地，一陣急雨悽惶地落下，劈哩啪啦地拍打著溪面，岸邊的落花也跟著隨風狂舞，頭頂上，幾隻歸巢的烏鴉正掠著煙雨蒼茫的天空飛過。抬頭，遠遠望向岸邊你曾住過的小樓，現如今，卻還有誰能與我憑欄遠眺，指點那芳草斜陽？

> 　　詞人自鶴江（即白鶴溪，位於蘇州西）坐船前往臨安，途徑蘇州東城的蔚門，並於此停泊。蔚門外的溪流附近，是詞人和他的蘇州去妾曾經居住嬉戲過的地方，此番重經故地，喚起他無限舊情，無法自抑，並寫下了這闋懷人詞。

一個綺麗而又夢幻的存在：吳文英

吳文英一生未第，終身遊幕，《宋史》上亦無名無傳，如果不是他留傳至今的三百四十餘首詞作，我們可能都不知道他的存在，但即便如此，今天我們還是無法洞悉他翔實的生平，只能從有限的資料中去甄別，去揣摩，去分析，如對鏡觀花、對水賞月，總是隔著一層神祕的窗紗。

在兩宋詞壇上，他就是謎一樣的存在，沒有人知道他確切地生於哪一年，也沒有人能夠明白地說出他歿於何時，他就像一陣倏忽吹至的清風，來無影，去無蹤，唯一可以確定的是，在他並不絢爛的一生中，大部分時間都客居在蘇州、杭州、越州三地。每每想起他，總覺得有著太多太多的遺憾，才情橫溢的他，怎麼就一生都沉淪於江湖，以致到最後竟困躓而死？

也許，一切都跟他的性格有關；也許，一切都源於上天的造化。他出生的時候，北方的元朝已代金而起，時刻覬覦著富麗繁華的江南地，而南宋朝廷這邊卻是君主昏瞶、奸臣當道，隨時都有可能被北方政權取而代之，在這樣的亂世中，想要安穩地度過一生都是奢望，又何談出人頭地、建功立業？因為宋人筆記方志極少提及他，我們無法探知他到底有沒有參加過科舉考試，只知道他的同胞兄翁逢龍為嘉定十年進士，官至平江通判，想來他也是經歷過科舉之路的，很可能和柳永一樣屢試不第，才始終沉困於市井下僚。

他甘心嗎？不甘心又能如何？誰叫他出生在一個風雨飄搖的時代呢？國家政權都岌岌可危了，他就算高中狀元，或者像長兄一樣步入仕途，又改變得了些什麼？無非是得過且過，做一天和尚撞一天鐘罷了。人生苦短，恰如露珠，他不想渾渾噩噩地度過一生，不想就這樣雁過無痕地直至

終老，所以他把所有的熱情都寄託在詩詞中，既然無法在仕途上有所作為，那就在詞的天地裡縱橫馳騁，搏出一片屬自己的空間吧！這世間有很多事說不盡道不得，遺憾與無奈總是同時存在，很早的時候他就明白了一個道理，活著是艱難的，活在亂世之中更是難上加難，如果不能在現實世界中求得一分安寧，還不如躲進詩詞的天地裡聞花弄月，因為唯有這樣，他才能讓自己活得更像個人，活得更加瀟灑恣意。

一個沒有取得功名的人，一個無法通過功名步入仕途的人，一個不能青史留名的人，一個無法在自己所處的時代施展身手的人，也許，只有賦詩填詞才能讓他在歷史上留下唯一的印記。已經錯過了太多太多，他不想再錯過這最後的機會。終於，在付出無數的汗水與努力後，他獲得了自己想要的成功，他把對這世界所有的深情與寄託都鎖進了一闋闋綺麗的長短句中，措辭用典無一不精細婉約、空靈奇幻、濃豔芳菲，儘管這一切都和他潦倒奔波、無人喝彩而又平淡無奇的一生截然相反，但人們確實從此記住了他，記住了他吳夢窗，一個綺麗而又夢幻的存在。

放眼望去，他所面對的這個世界，山河凋敝，人世滄桑，他自己亦是懷才不遇、空有抱負，怎一個心痛了得？可他有什麼辦法？他唯一能做的就是張開雙手緊緊搗住撕裂的傷口，不讓傷疤暴露在世人面前，哪怕早已是鮮血淋漓，也要強打起精神，努力擠出一絲微笑，以更美更好的姿態示人，於是，他把對這個世界最美的憧憬與期待都帶進了詞作中，哪怕明明知道它們是虛幻不實的，亦要盡情鋪陳、任性發揮，因為只有在這裡，在詞的天地裡，一介布衣的他才能毫不在意他人的白眼，自由自在地行走，僅

僅憑藉一支拙筆，就能讓自己貧瘠不得志的人生開出清芬幽麗的花來。

和他密麗生香的詞作一樣，他長年客居的蘇州也綺麗得如夢如幻。紹定五年左右，他遊幕於江南東路提舉常平司，在蘇州一待就是十二年，也做了十二年的門客。這十二年間，他無功也無過，日子倒也過得舒暢愜意，而也就是在這段時期，他愛上了一個姑蘇姑娘，並納之為妾，二人郎才女貌，琴瑟和鳴，自是佳偶天成，其時還沒到三十歲的他，成天不是流連在蘇州曼妙的山水間，就是沉醉在姑蘇妾的溫柔鄉裡，快活得賽過神仙。杏花微雨姑蘇城，在那樣一個連桃花都要比別處豔麗的地方，儘管自己並不富裕，他也要給她最好的歸宿，於是，在葑門之外，他尋得一鳥語花香的僻靜之處，為她建起了只屬他和她的小樓，一心只想做個不問世事的隱人。

他給他們的園子起名西園。他在園子裡為她遍植奇花異草，與她風月相伴，魚水承歡，春天一起窗前看薔薇，夏天結伴池塘賞風荷，秋天並肩廊下品菊花，冬天牽手雪中弄梅花，日子過得一天比一天閒適。或許是蘇州的風物太過輕柔，景色太過旖旎；或許是她的體態太過嫋娜，舉止太過溫柔，一切的一切，都讓他恍入夢中，甚至分不清哪個是現實哪個是虛幻，所以他的詞作也寫得越來越豔麗，越來越幽深。然而，西園也是他的傷心地，在和她一起度過一段風光月霽的好日子後，不知道為什麼，他終是遣她而去，和她在西園裡上演了一場難捨又難分的催淚別離大戲，從此，這西園便成了令他魂牽夢縈的魘，頻頻在他的詞中「現身」。

「何處合成愁，離人心上秋。」他終是帶著一身的遺憾，

於淳祐三年移居杭州，繼續做他的幕僚。在此期間，他與兩度入相的吳潛私交甚好。吳潛和他長兄翁逢龍是同年進士，因為這層關係，吳潛在任參知政事時便聘其為幕僚，二人心意相通，唱和之作尤多。可以說，吳潛高貴的人品，放達的性格，及對國事的忠悃，都對吳文英產生過不可忽視的影響，儘管吳潛的官做得很大，但為人豪邁磊落的吳潛從未輕視過布衣出身的他，從吳潛身上，他感受到了友情的真摯與珍貴，也深切體會到了一個幕賓存在的價值與意義。因為吳潛，他第一次覺得自己沒有白活，可惜好花總是不常開，好月總是不常圓，人和人的緣分總是無法從始至終，吳潛有吳潛的路要走，他吳文英也有他自己的路要走，聚到盡頭總是散，這一生能夠相識相知一場，便已足夠，他不後悔，也不惋惜。

晚年的他客居越州，在榮王趙與芮邸中做幕客。此時的南宋朝堂頗不太平，佞臣賈似道入朝為官，為迎合宋理宗心意，在短短兩年間內就把宰執吳潛打壓下去，最後吳潛不僅被遠貶循州，還被賈似道下手毒死。他怎麼也沒想到，對自己有知遇之恩的吳潛竟然會遭遇如此不公的結局，可他又能說些什麼做些什麼？一介幕僚，無權無勢，人微言輕，即便他幹出些什麼驚天動地的異舉來，於事又有何補？人們從他的《夢窗詞》中翻揀出四首贈予賈似道

的詞作，指斥他背恩忘義，抨擊他人格上有重大瑕疵，他也不作解釋，因為他知道，那些詞明明都是賈似道制置京湖還未肆驕橫之時自己所寫的應酬之作，而且此後他與賈似道再也不曾有過任何交集，更無任何投贈之作，又何來負義之說？別人愛說什麼就讓他們說去吧，雖然懾於賈似道的淫威，不敢公開悼念吳潛，但他仍以「過先賢堂」為名，為吳潛寫下一闋〈西平樂慢〉，以慨歎之聲，發傷感之情，以寄哀思。

　　太陽落山了，風煙俱散，晚年的他終因困躓而死，想必自然是不容於世，不肯與奸佞之輩同流合污，仍不失為一狷介自好之士。大千世界，風月無邊，萬事萬物皆無定數，在困頓之時，他守住了本心，好與不好，一切的答案，自在不言中。喜歡他的人喜歡得了不得，說他是「詞中李商隱」，「以空靈奇幻之筆，運沉博絕麗之才」「夢窗之妙，在超逸中見沉鬱」，並將他與周邦彥、辛棄疾、王沂孫並列為兩宋詞壇四大家；不喜歡他的人又不喜歡得厲害，說他的詞「如七寶樓臺，眩人眼目，碎拆下來，不成片段」。不管別人如何評價，他終歸是再也無法聽到了，無論褒貶，他終是雁過留痕，在百家薈萃的中國詞壇有了自己的一席之地。

庭院深深
最美的宋詞英譯新詮

英　　譯　許淵沖
賞　　析　吳俁陽
文稿編輯　林芳妃
責任編輯　何維民
版　　權　吳玲緯
行　　銷　吳宇軒　陳欣岑　林欣平
業　　務　李再星　陳紫晴　陳美燕　葉晉源
副總編輯　何維民
編輯總監　劉麗真
總 經 理　陳逸瑛
發 行 人　涂玉雲

出　版

麥田出版
台北市中山區104民生東路二段141號5樓
電話：(02) 2-2500-7696　傳真：(02) 2500-1966
麥田部落格：blog.pixnet.net/ryefield
麥田出版Facebook：www.facebook.com/RyeField.Cite/

發　行

英屬蓋曼群島商家庭傳媒股份有限公司城邦分公司
地址：10483台北市民生東路二段141號11樓
網址：http://www.cite.com.tw
客服專線：(02)2500-7718; 2500-7719
24小時傳真專線：(02)2500-1990; 2500-1991
服務時間：週一至週五09:30-12:00; 13:30-17:00
劃撥帳號：19863813　戶名：書虫股份有限公司
讀者服務信箱：service@readingclub.com.tw

香港發行所

城邦（香港）出版集團有限公司
地址：香港灣仔駱克道193號東超商業中心1樓
電話：+852-2508-6231　傳真：+852-2578-9337
電郵：hkcite@biznetvigator.com

馬新發行所

城邦（馬新）出版集團【Cite(M) Sdn. Bhd. (458372U)】
地址：41, Jalan Radin Anum, Bandar Baru Sri Petaling,
57000 Kuala Lumpur, Malaysia.
電話：+603-9057-8822　傳真：+603-9057-6622
電郵：cite@cite.com.my

本書中文繁體版透過
成都天鳶文化傳播有限公司代理，
由北京時代華語國際傳媒股份有限公司
授予城邦文化事業股份有限公司
麥田出版事業部獨家出版發行，
非經書面同意，
不得以任何形式複製轉載。

庭院深深：最美的宋詞英譯新詮／
許淵沖英譯；吳俁陽賞析
－初版.－臺北市：麥田出版：
英屬蓋曼群島商家庭傳媒股份有限公司
城邦分公司發行，2021.09
344面；13×21公分
中英對照
ISBN 978-626-310-073-2（平裝）
823.886　　　　　　　　110011470

印　　刷　前進彩藝
電腦排版　黃暐鵬
封面設計　莊謹銘
初版一刷　2021年9月

定　　價　新台幣399元
Ｉ Ｓ Ｂ Ｎ　978-626-310-073-2
Printed in Taiwan
著作權所有‧翻印必究
本書如有缺頁、破損、裝訂錯誤，
請寄回更換